Giosuè Calaciura
Das Lied eines Mörders

 aufbau

Giosuè Calaciura

DAS

LIED

EINES

MÖRDERS

Roman

*Aus dem Italienischen
von Verena von Koskull*

Die Originalausgabe unter dem Titel
Malacarne
erschien 1998 bei Baldini + Castoldi, Mailand.

ISBN 978-3-351-03954-7

Aufbau ist eine Marke der Aufbau Verlage GmbH & Co. KG

1. Auflage 2024
© Aufbau Verlage GmbH & Co. KG, Berlin 2024
www.aufbau-verlage.de
10969 Berlin, Prinzenstraße 85
© Giosuè Calaciura, 1998
Der Verlag behält sich das Text- und Data-Mining
nach § 44b UrhG vor, was hiermit Dritten ohne Zustimmung
des Verlages untersagt ist.
Einbandgestaltung zero-media.net, München
Satz LVD GmbH, Berlin
Druck und Binden CPI books GmbH, Leck, Germany

Printed in Germany

Ein Dank an Mela und Matteo

Wir waren nichts mehr. Seit wir alle drei umlegen sollten, Signor giudice, Euer Ehren, obwohl nur einer das Ziel des Hasses war, den wir schlagartig von ihnen übernahmen, kaum dass sie das Blutbad anordneten. Die anderen beiden mussten wegen so banaler Merkmale wie Verwandtschaft und Zugehörigkeit sterben, Signor giudice, denn einer war der Erstgeborene, ein dreizehnjähriger Hurensohn, ein Kind noch, Signor giudice. Der andere war der Schwiegersohn, ein Pfeifenwichs von neunundzwanzig Jahren, aalglatt und umtriebig, Ehemann der Tochter unserer Zielperson, wegen einer zwischen den Familien vereinbarten Liebesflucht.

Um neun Uhr dreißig sollten wir sie alle drei umlegen, auf dem Quartiersmarkt, wo es per Vereinbarung zwischen den illegalen Straßenhändlern und der Stadt erlaubt oder vielmehr notwendig war, den Dienstagsmarkt für die fußlahmen Rentner und die tyrannischen Hausfrauen abzuhalten, Signor giudice, an diesem herrlichen Tag Ende Mai.

Unser Schützentrupp bestand aus zwölf ranghohen Mitgliedern, die vor allem wegen ihrer Fertigkeit im Umgang mit der Pistole ausgewählt worden waren – eine abgesägte Flinte, eine sogenannte Lupara, dagegen wäre bei der Durchführung dieses Hinterhalts unverhältnismäßig und sogar nutzlos gewesen –, man hatte sie aus den vierzig Familien, die die Welt mit dem passenden Kaliber im exakten Gewicht von Recht und Strafe regierten, sorgfältig herausgepickt.

Nur drei von uns, mich eingeschlossen, sollten diese Auftragsabmurkserei durchführen, mit dem üblichen Pomp des Todes, der unsere Handschrift trägt, damit abermals und unmissverständlich klar wäre, wer die Richter und Henker der althergebrachten Gerechtigkeit sind.

Jeder von uns dreien hatte einen Ersatzmann, der in zehn Metern Abstand unauffällig folgte, sollte unser erster Angriff wegen einer unglücklichen Fügung ins Leere laufen, das Gespür ist sensibler, sobald man zum Opfer wird, und um keine weitere Zeit verstreichen zu lassen bis auf die Bruchteile Ewigkeit, in denen der Tod eintritt und die Verblüffung zur unumkehrbaren Gewissheit wird.

Signor giudice, da waren die Fahrer der beiden nachts vor einer Woche geklauten Wagen, die in den Gelegenheitsgaragen versteckt und von unseren Mechanikern durchgeprüft worden waren, weil Kontrolle besser ist als Vertrauen, und im Kofferraum, Signor giudice, warteten schon die Benzinkanister, um die Autos abzufackeln und jedwede Spur unserer kurzen Fahrt bis zur verabredeten Stelle auszulöschen – zwei Blocks nach Westen, wo jeder wieder in sein eigenes Freiheitslabyrinth verschwände und aus dem Pakt des Hinterhalts entlassen wäre.

Signor giudice, zu guter Letzt waren da noch zwei schwere Motorräder, zwei Kawasaki, die am Markt auf und ab fuhren, um zuzuschlagen, kaum wären Bullen und Carabinieri abgetaucht, und uns mit dem Walkie-Talkie – unser bei vorsätzlichen Morden bevorzugter Kanal – grünes Licht zu geben.

Signor giudice, wie oft habe ich mich in diesen Momenten eiskalter, einzig dem Hinterhalt verschriebener Überlegungen gefragt, wo die Schwachstelle sein könnte im perfekten, mit jeder weiteren Abmurkserei automatisch und wie geschmiert laufenden Getriebe. Wie oft habe ich mich gefragt, an welchem Punkt unser Mordwille nachgeben und einen winzigen Ausweg, eine mögliche Rettung bieten würde. Und das nicht, um unsere tödlichen Hinterhalte dadurch noch raffinierter zu machen, sondern um dieses vergessene Komma in der Geheimkammer meines schlummernden Grauens zu verstecken, die verzichtbare Geste, die eine Bewegung mehr oder weniger, welche mir das Überleben ermöglichen würde, wenn zwangsläufig ich an der Reihe wäre, Signor giudice, und wenn es meine ob ihres Könnens und ihrer Fertigkeit ausgewählten Kameraden träfe.

Diesen unmöglichen Fehler, dem wir zuvorzukommen versuchten, indem wir einander im Blick behielten, während wir uns in mörderischer Geschmeidigkeit auf unsere ahnungslosen, von der Menge an Frauen auf dem Markt verdeckten Ziele zubewegten, behielten wir als nutzloses Ass im Ärmel, als hoffnungslose List, denn, Signor giudice, ein Fehler war ausgeschlossen.

Wäre die Reihe an uns gewesen, hätten wir unserer perfekten Mordmaschinerie unmöglich entgehen können.

Angesichts von Alter und Ansehen war es an mir, die fetteste Beute dieses Jagdmorgens zu töten.

In echolosem Gejaller hörte ich ihn die falschen Vorzüge seiner Garne und unmöglichen Wolle anpreisen, ich sah, wie er einer Alten in Pantoffeln das Geld abknöpfte, und warf einen Kontrollblick zu meinen beiden Kumpanen, die wie ich startklar darauf lauerten, dass die blitzartig synchronisierte Gleichzeitigkeit des Dreifachmordes begann. Ich gewährte meinem Ziel nur einen einzigen Augenblick, Signor giudice, zielte mit beiden Händen auf seine Schläfe, so nah, dass ich schaudernd auf das ekelerregende Spritzen seines platzenden Gehirns wartete, als er mich erblickte, erkannte und begriff, im zeitgleichen Knall dreier Mörder zu sterben, die ihn mitsamt seinen Angehörigen auslöschten. Er fiel, Signor giudice, das Leben hielt ihn nicht mehr auf den Beinen. Ohne Blut zu verspritzen, sackte er wie implodiert in sich zusammen; genau wie sein Sohn, der aussah wie ein schlafendes Kind, die Augen geschlossen, die Arme in jähem Schlummer hingestreckt, denn das Leben hatte noch keine tiefen Wurzeln geschlagen und verließ ihn augenblicklich.

Geschüttelt vom Todeskampf und dem letzten Aufflackern des Lebens, knirschte der Schwiegersohn mit den Zähnen, er hatte nicht begriffen, dass er starb, und die Alte in Pantoffeln sah mir ins Gesicht und sagte im Chaos der Schüsse, was machen Sie denn da, bringen Sie ihn um? Ihr Verstand hatte den Hinterhalt noch nicht erfasst, sie wartete auf das Wechselgeld für ihre gefälschten Wollknäuel, während ich mich entfernte und die Wirklichkeit die von unserem Kreuzfeuer in kurzzeitige Lähmung verfallene Welt in Zeitlupe versetzte. Die Zeit kam zum Stillstand, um uns die ungehinderte Flucht zu ermöglichen, genau wie vereinbart und in jahrhundertelanger Praxis des berufsmäßigen Mordens bewährt: wegen fehlgeschlagener Geschäfte, aus gnadenloser Vergeltung, als versteckte, in blutigen Lettern verfasste Botschaft.

Mich beeindruckte dieser Schwiegersohn, Signor giudice, röchelnd hing er am verflackernden Leben und keilte gegen den Tod, der ihn mit letzten Krallenhieben streichelte, in Rinnsalen von Blut, das unter den hölzernen Ständen voller Garn in einem ausufernden Strom mündete, Gehsteig und Straße überschwemmte, während wir versuchten, den eintönigen Sumpf nicht an unsere Schuhe zu lassen. Und mit eigenen Augen sah ich seine irrige Überlebenshoffnung, die Trugbilder des am Leben klammernden Instinkts, Signor giudice, doch er war bereits tot, und während ich mich davonmachte, lüpfte ich die Hosen, um die Pfützen des Blutbads zu meiden. Es war dasselbe sich Sträuben und dasselbe jugendliche Röcheln unserer besten Jahre, Signor giudice, lang bevor wir nichts mehr waren, als auch wir Überlebensfantasien hatten, uns mit der Gewandtheit der Findigen in die breiten Lücken drängten, um die Quecke des Verbrechens aus Eigeninteresse wuchern zu lassen, was keinen interessierte, Signor giudice. Die öffentliche Verwaltung hatte die Welt an ihre Kunst der Unregierbarkeit gewöhnt und gab das Wasser nur jeden zweiten Tag aus, zuerst an den geraden, dann an den ungeraden Wochentagen, im absurden Takt heidnischer Feste, und wartend standen wir nicht am Wassertag, sondern am amtlichen Dürretag vor den Wasserhähnen, verpassten vor fahriger Erschöpfung den richtigen Tag und lebten in der Qual der Durstigen, keine andere Wahl zu haben.

So war unsere prähistorische Welt im Herzen der Welt des Fortschritts, und jeder Kniff zahlte sich aus, um Erleichterung zu schaffen und ein bisschen Zaster zu machen, Signor giudice, wenn wir Rastplatzwüsten entlang der ausweglosen Autobahnen klarmachten, die wir in der Zeit der wildwuchernden, einträglichen Zementindustrie eigenhändig gebaut hatten, um sie der Leere von Zeit und Raum zu überlassen. Für die erhitzten, orientierungslosen Reisenden organisierten wir Vergnügungen, um ihre sinnlosen Reisen zu versüßen, füllten sie mit den regionalen Produkten unserer Magenkrämpfe ab, Signor giudice, und nachdem sie den angemessenen Preis für unsere Oase gezahlt hatten, gingen sie wieder an Bord und setzten ihre Mondfahrten fort.

Signor giudice, in dieser Angst vor dem Ertrinken auf dem Trockenen dachten wir uns den Beförderungsdienst aus, als der Zug unserer einzigen Gleisstrecke intergalaktischer Durchquerung mit kreischenden Bremsen zum Halten gezwungen war. Mitten auf der Gleisstrecke hatte sich der unerklärliche Bergsturz eines Felsbrockens ereignet, Signor giudice, und der einzige zu Bergstürzen fähige Hügel lag zehn Kilometer entfernt in offener Landschaft. Obendrein und jenseits aller wissenschaftlichen Theorien, mit denen sich die Bahntechniker herumschlugen, hatte die Hitze unserer Verdunstungssommer das empfindliche Eisen der Gleise verbogen und sie in rostigen Schrott verwandelt, also alle raus, Signor giudice, sofort aussteigen, unter der pestigen Sonne, in der die Kinder ihr ahnungsloses Unglück gestrandeter Reisender herausplärrten, im vielstimmigen Radau der verspäteten Studenten, der gesamten Menschheit in Bewegung, hingekauert im endlosen Warten auf Reparaturen. Doch es gab uns, Signor giudice, mit unseren Schrottmühlen von der Autovermietung und unseren Lieferwagen, die ihre Lebendfracht sämtlicher essbarer Tierarten kaum ausgeladen hatten.

Als öffentliches Beförderungsmittel zwischen einem Bahnhof und dem nächsten zum ruchlosen Preis des Zugfahrscheins wurden diese quietschenden, zerbeulten, für die schändlichsten Zwecke unserer Handelsgeschäfte und Fauligkeiten gebrauchten Fahrzeuge zur Marktsklavengaleere.

So hielten wir uns am Leben, Signor giudice, noch bevor das weißpulverige Gold der chemischen Entrücktheiten auftauchte, als Herren des Losspiels, der heimlichen Lottoziehungen auf den Märkten, bei denen uns die geheimnisvolle Kabbala der gezinkten Zahlen unterstand. Mit sämtlichen Schmuggeleien des Altertums besserten wir unseren hart verdienten Sold auf, Signor giudice, doch reichte es nie, um auf einen grünen Zweig zu kommen, also versuchten wir unser Glück auf jedem erdenklichen Markt und mit jeder erdenklichen Ware, um diesen verzweifelten Hunger zu stillen, der uns verschlang, vom Magen bis in die Augen stieg und unseren Blick mit Gaukelbildern von Hochzeitsvöllereien vernebelte.

Es waren abenteuerliche Zeiten, in denen wir unseren Lebenswillen jeden Tag neu erfanden, denn selbst der ging uns flöten, wenn wir, von unseren heldenhaften Geschäften erschöpft, in den Schlaf fielen. Wenn die jungen Herrschaften des verwesten Adels mit Schimmelflecken im Gesicht sich von der Peinlichkeit des Vergessenseins zu befreien vermochten und uns auftrugen, Finde mir den Strauß mit den Rieseneiern, denn ich will den prunkvollen Geburtstag meines Töchterleins feiern, und wir, Signor giudice, fanden den Strauß, und hatte er keine Rieseneier, dann bauten wir sie selbst, aus dem geklauten Stuckgips ihrer von bröckelnden Wappen bekrönten Haustore. Bring uns die Riesenschildkröte aus dem Indischen Ozean, denn wir müssen japanisch essen und in unseren englischen Schuhen französisch parlieren, und wir brachten ihnen die Riesenmeeresschildkröte, Signor giudice. Es gab nichts Lebendes oder Totes, das wir nicht auftrieben, unserer Hungerleiderfantasie abrangen und es wirklichkeitstauglich verpackten, voller Angst, es könnte in den Händen der Käufer zur stofflosen Materie der Lüge zerfallen.

Wir waren nichts mehr, Signor giudice, seit uns klar wurde, wie wahrhaftig der Schmerz der Enterbten ist, der unsere Väter vor Scham krepieren ließ, die uns so ähnlich waren mit ihren vom Dauerfasten bei Mittag und Abend ausgehöhlten Wangen, so ähnlich und doch so anders, denn beim Generationenwechsel war uns das Schamgefühl abhandengekommen. Während wir uns beim Wiederaufbau nach dem Weltkrieg mit mühseligen Zaubertricks abrackerten, bestiegen unsere Mütter jeden Morgen bei Sonnenaufgang den Bus und tauchten in den Zauberspiegel der anderen Stadt ein, der des Reichtums und des leichten Lebens, Signor giudice, mit asphaltierten Straßen und den Blumen unserer erträumten, duftenden Völlereien auf den Simsen der Balkone, um die fremden Blicke der Passanten zu ergötzen, Dinge für Reichenaugen, erzählten uns die bediensteten Mütter, Augen, die das Grauen des abgestochenen, ausgenommenen Lamms nie gesehen haben, das, vergeblich um Mitleid blökend, an den Haken baumelt. Auf der anderen Seite des Wunderspiegels kamen nur die parierten Koteletts an, würzig vom Schmachten nach heiliggesprochenem, ausgeblutetem, entbeintem und auf Wachspapier zurechtgelegtem Fleisch.

Es war die Stadt, die wir bei unseren Schändungstouren besuchten, wenn wir die Heckscheiben der Reichenautos mit den Musikradios, den nach Bergmoos duftenden Sitzen und den auf der Rückbank vergessenen, mit Paradiesvögeln bedruckten Regenschirmen zu Scherbensplittern schlugen, Signor giudice. Es war die Stadt des dreisten Überflusses, die sich Goldfische in den Becken der Pförtnerlogen leistete, und vor Hunger stürzten wir uns auf wundersamen nächtlichen Fischzügen mit unvergesslichen Rülpsern in Aquariumsvöllereien und bepissten uns vor Lachen, wenn wir uns in unseren jugendlichen Altersgenossen reichsahen, die der Saumseligkeit des Schulbesuchs frönten, und mit dem Finger auf sie zeigten, auf ihre zerstreuten Hosen, die vor Hast schlotternden Strickjacken und lernschweißtriefenden Rucksäcke. Aber wir konnten sie nicht berühren, Signor giudice, uns trennte die Spiegeldicke unseres Andersseins, und selbst in den heilsbringenden Lügen, die uns der gütige Pfarrer unserer lästerlichen Diebeshehlerei erzählte, war uns die schwelende Ungerechtigkeit bewusst. Selbst Gott hatte uns verlassen und verraten. Er bürgte für die Niedertracht dieser Ungerechtigkeit, die keinen Sinneswandel zuließ und ohne Wiederkehr war, weil Er, der arm geboren worden war, beschlossen hatte, reich zu werden. Wir durchschauten die Augenwischerei der Krippe, den Bluff, sich eine elende Hütte ausgesucht zu haben, um zur Welt zu kommen, die Verarschung von wegen Er steigt herab von den Sternen, von wegen Kälte und Eis.

In der Überzeugung, wir seien verderbt und fernab von Gottes Gerichtsbarkeit, vergnügten wir uns damit, knauserige, blasse, schlaksige, unverständliche Touristen auszurauben, die ganz benommen waren von der dösigen Schirokkoluft, die uns die Beine wegriss. Mit unserem schmeichlerischen Lächeln köderten wir sie im Bus des gekaperten Hotels, Steigt ein, wir bringen euch an wunderschöne Orte, die kein Reiseführer euch je verheißen kann, zu uralten Ruinen, zu den herrlichen Gaukelbildern all dessen, wonach ihr sucht.

Wir erzählten ihnen von den verbotenen Gärten, in denen sogar der Kaiser von China unsere jammervolle Hitze genoss, und beraubten sie mit freibeuterischer Gier, unter der Drohung unserer Küchenmesser, denn wir hatten nur die und nichts zum Schneiden.

Und wenn wir unter ihnen den Schatz französischer Studentinnen auf Bildungsreise entdeckten, ekelten wir sie mit der rohen Erotik unserer geilen Grunzer, Signorine, raunten wir, ich spiel mit meinem Schwanz Flaschendrehen, und was kommt, das kommt, Signor giudice, und überredeten sie zu einem freundschaftlich versöhnlichen Mittagessen in den Elendsspelunken, in denen es nur die Fantasie der Hungerleider zu essen gibt, Ihr seid eingeladen, und dann verhökerten wir sie mit den Lockungen europäischen Frischfleisches en bloc an die arabischen Rosstäuscher auf Durchreise, Wir verkaufen du kaufen, Schleuderpreis, Volltreffer. Und sie kauften, Signor giudice, beurteilten das Gebiss am Zahnfleisch, entblößten die blassen Schenkel, zählten die goldenen Haare. Die Fräuleins aus Frankreich lachten amüsiert, und wir lachten mit, und es lachte die ganze Spelunke über diese arabischen Witzfiguren mit Turban, die aussahen wie

Agramante und die Ungläubigen aus dem Marionettentheater. Stattdessen, Signor giudice, war alles wahr, und als die Mademoiselles es bemerkten, segelten sie bereits davon, verschluckt vom geheimen Schiffsbauch der Frachter, die sich ihrer schmalen, an den Kiel geketteten Fohlenfesseln erfreuten.

Wir waren nichts mehr, Signor giudice, seit mir an jenem Morgen klar wurde, was von Geburt an im Rätsel meines Schicksals verborgen lag und sich nun in den unmissverständlichen Zeichen der Voraussicht zeigte. An jenem Maimorgen, dessen Licht wie eine Messerklinge durch die Fensterscheiben fiel, während ich dem unverständlichen Alphabet der Frauen in ihrer Fröhlichkeit lauschte, die noch nicht in die dumpfe Wut des Nachmittags umgeschlagen war, während mir die Düfte von Kurzgebratenem und die Gerüche ewig köchelnder Tomatensauce in die Nase stiegen, während, Signor giudice, der Tag mit den Begütigungen der Gewohnheit begann, mit sämtlichen Dingen an ihrem Platz, ehe das Leben und in zweiter Instanz der Tod sie für immer durcheinanderwarfen, das Kruzifix über dem Bett, das Wasserglas für die Linderungspillen meiner ruhelosen Nächte, die über meine Sterbensangst wachende Espressotasse neben meiner in Friedenszeiten flaniertauglichen Sieben-Fünfundsechziger und den im Wimmelbild des Ungebrauchs auf dem Nachttisch verstreuten Kugeln, während ich den Staub in der Luft betrachtete, der sich lebendig und leicht in der Durchlässigkeit des Lichtes bewegte, und die untauglich heisere Stimme des Salzverkäufers vernahm, der zwei Päckchen zu tausend Lire ausschrie, Signor giudice, wurde mir klar, dass sie mich just an diesem Tag zum ersten und zum letzten Mal umbringen würden, ohne Sündenerlass oder Berufung.

All dem entstammten wir, lebten nur in jähen Schauern wie der Herbstregen, Signor giudice, wenn sich die Schlammflut des übers Jahr angehäuften Staubes an den Märkten entlangwälzte und die Abflussschächte verstopfte, Signor giudice, und flohen auf die Straße, weil mit dem Schlamm die ganze Welt verflüssigt aus den Wasserhähnen strömte und unser Heim zerstörte, das bereits zerstört war durch unsere Gleichgültigkeit, auf der Welt zu sein, wälzten uns mit dem Schlamm voran, schnappten uns Datteln und Nüsse beim ägyptischen Samenhändler, der hierhergezogen war, weil sein Land noch beschwerlicher war als unseres, am Rand des Vorstellbaren, und die Schlammwalze riss uns mit vom Markt in die Gassen, wo einst der kleine Cagliostro die kindliche Kunst der Magie praktizierte, ohne dass wir hätten entscheiden können, auf welchen Platz wir einbiegen sollten, weil der Instinkt des Schlamms uns lenkte, Signor giudice, in einem allgemeinen Sich-vorwärts-Wälzen, das die ganze Stadt samt den wie Banner der Armut flatternden Lumpen in einer Lawine mit sich riss, die Krüppel auf den Stufen der Wohltätigkeitseinrichtungen mit ihren Schachteln voller von braven Christenmenschen erbettelter Knöpfe hinter sich herzog, die Krücken der Lahmen und Gelähmten, die nichts zu verlieren hatten als ihr wackeliges, einbeiniges Gleichgewicht, und die Blinden, die das Dammbruchdurcheinander nicht sahen, und die Gehörlosen, die einander vor lauter Purzelbäumen nicht hörten, wenn sie sich an den Hausecken Obacht zubrüllten, wir klammerten uns an die Franziskaner, die Benediktiner, die Dominikaner, an jene, die nur zu Don Bosco, dem Schutzpatron der unglückseligen Kinder, beteten, und an jene, die der Schutzmantelmadonna brennende Kerzen und Opfergaben der Mangelernährung darbrachten, an jene, die sich in einem Wirbel aus Psalmen und Novenen einzig im Namen und auf Geheiß der Madonna der Ohnmacht bekreuzigten, während wir uns weiterwälzten, ohne anhalten zu können oder es überhaupt zu wollen, Signor giudice, weil wir ohnehin an irgendeinem Ort der Welt gelandet wären, der besser war als jener, den wir im überstürzten Tumult unserer Kanonenkugelkörper verlassen hatten.

Als die Fahrt allmählich erlahmte, landeten wir an demselben Punkt, von dem wir fortgerissen worden waren, denn es war ein alptraumhaftes Gewitter gewesen, und ein anderer Ort der Gedeihlichkeit stand uns nicht zu.

Wir waren nichts mehr, Signor giudice, aber wir waren gut, und wir waren flügge, gewachsen wie krummes Holz, jeden Tag zerschrammten wir uns die Seele an der Schroffheit des Überlebens. Und glätteten sie wieder, Signor giudice, mit dem Hobel unseres rotzfrechen Grinsens, weil wir nichts zu verlieren hatten als das Pech, geboren worden zu sein, und wir rannten, Signor giudice, rannten im zügellosen Galopp des Adrenalins unseres herzrasenden Metabolismus, im Eifer, sämtlichen Appetit an einem einzigen Tag zu stillen. Sie pickten uns aus unseren hungrigen Meuten, wählten uns per Fingerzeig und siebten uns mit der Sicherheit der Routine aus, denn sie hatten uns seit den Zeiten unserer barfüßigen Raufereien im Blick, als wir die dürftige Sprache des Ich-will-Milch, Mama und Papa, Wauwau müde Heia sprachen. Hinter der Falltür unserer Augen hatten sie die Vernichtungslust gesehen, die Gewissheit, dass wir weiterrennen würden, bis uns das Herz barst, ohne jemals auszuscheren, nicht wie Pferde, sondern wie Lastesel ihrer nützlichen Dienste.

Sie befreiten uns von der Schmiere des Elends, schnitten uns die Haare unter dem Milchtopf, machten aus uns Kasernensoldaten in Zivil, mit weißem Hemd und gewienerten Mokassins für ihre bürokratischen Botengänge.

Mit ihren Leinenanzügen und Schildpattbrillen, mit denen sie wie Richter auf Urlaub aussahen, begleiteten wir sie in die Büros für Schwarzhandelhortung, an Bord ihrer vorsintflutlichen Autos mit sämtlichen an den Rückspiegeln hängenden Schutzheiligen ihrer verdammten Seele, die an den Gummibändern ins Schaukeln gerieten auf den holperigen, von den amerikanischen Offizieren der Alliiertenlandung mit dem Bleistift der Kriegsdringlichkeit gezogenen Straßen; als wir es waren, die die Befreiung mit Schwarzhandel über die Ozeane unter einen guten Stern stellten, die das Land der gewundenen Eselspfade an das Quietschen der Panzer gewöhnten, die die hinderlichen Olivenbäume fällten, die die störenden Johannisbrotbäume stutzten, die ihnen den Königsweg der Befreiung und sämtliche Abkürzungen der nächtlichen Meuchelmörder wiesen und andere, unaussprechliche Straßen für uns behielten, in der Gewissheit, dass dieser einstweiligen Macht, die uns in AM-Lire bezahlte, die korrumpierbare Macht der Scheindemokratie folgen würde, in der es eiserne Unnachgiebigkeit zu zeigen und einander die Gefallen des Überlebens zu erweisen galt.

Signor giudice, wir bauten das Land mit unseren Zement- und Eisenbetrieben auf, persönlich vor Ort mit unseren GmbHs, unseren OHGs, unseren Traditionsunternehmen samt gewerblichem & der Söhne und Brüder, die wir ihren rechtmäßigen Besitzern mit der Expansionswut wuchernder Krankheiten im Wirtschaftswunderwahn entrissen, indem wir im Auftrag der einstweiligen Befreiungsregierungen nach Gegebenheit und aufrichtigem Wählerwillen die politischen Vertreter ernannten und mit der Unterschrift unserer Fortschrittsmacht klarstellten, wer einen Auftrag bekommen sollte und wer nicht, in einer Buchführung über Gute und Böse, die für den Reichtum weniger und das Elend aller sorgte und bei der sich kaum jemand zu sagen traute, es würde sich ganz offensichtlich um die Einmischung der üblichen dunklen Mächte handeln. Und uns, den aufstrebenden Dienern, mit unseren Bürstenhaarschnitten, den weißen Hemden und den Beförderungskrawatten, blieb nichts anderes übrig, als sie auf unsere privaten Friedhöfe zu begleiten, bereits hübsch verpackt, tot und fertig für das heimliche Begräbnis unerklärlich verschwindender Gewerkschafter, Politiker, ehemaliger Bürgermeister, zukünftiger Bürgermeister, die es nie werden würden, und gewöhnlicher Menschen ohne Namen oder Zugehörigkeit.

In irrlichthellen Nächten schaufelten wir die Gruben ihrer ewigen Heimstatt, während im Licht der Petroleumfackeln die paläolithischen Knochen anderer Ermordeter an die Oberfläche kamen, die versteinerten Gerippe uralter archäologischer Verschwundener. Wir fanden spanische Helme, vom Gnadenschuss der Pistolen des sofortigen Todes durchlöchert, die Wikingerpelze der Befreier anderer Epochen, ebenfalls von unseren standrechtlichen Kugeln getötet, ihre skelettierten Insignien, versteinerten Kodizes und überlebten Gesetze, begraben in einem Friedhofseifer, der jede Spur dessen auslöschte, was wir waren oder hätten sein können.

Aus Neugier gruben wir weiter, bis wir die pythagoreischen Skizzen undenkbarer Waffen fanden, die unbesiegbare Seeflotten mit dem sengenden Feuer des durch riesige Konvexlinsen gefilterten Sonnenlichts zu verbrennen vermochten. Wir legten die undeutbar gewordenen Knochen unserer grauen Vergangenheit wieder an ihren Platz und mischten sie mit den noch warmen Leichen unserer täglichen Schlechtigkeiten, in einem Gewirr von Gerippen, das die Epochen des Todes ausradierte, auf dass niemand unsere mit der Gegenwart der beharrlichen Auslöschung sämtlicher antiker oder nur alter Mächte vermischte Vergangenheit lesen könnte, denn vor uns lag die Gewissheit, dass die Zukunft per Erblinie uns gehörte, Signor giudice.

Wir waren die Augen der flächendeckenden Kontrolle, Signor giudice, die Schiffsköche dieser Piratenflotte, die Lagerhalter des unerlaubten Reichtums, die in ihren Listen vermerkten, was uns über Dritte gehörte, die Posten des Wohlstands unterstrichen und auch die hässlichen Gedanken der Verstörung nach Belieben ausradierten, wenn wir verschwiegen, dass das zerlumpte Heer des Untergangs und der Fahnenflucht des 8. September in die alte Heimstatt der genetischen Niederlage zurückkehrte, versteckt in den dunklen Waggons der Bummelzüge, die Orangen und Mandeln transportierten. Dieses Heer, Signor giudice, kehrte in die Berge zurück und wurde immer größer, je mehr es sich den fahnenflüchtigen Gespenstern anderer epochaler Kriege anschloss, die mit rostigen Bajonetten und Brieftaschenbaretts über ihr eigenes Vergessen wachten, in verrotteten Uniformen, weshalb ihnen nicht mehr anzusehen war, zu welchem unglückseligen Heer sie gehörten, hatten sie doch nur die von mitleidigen Hirten gegebenen Lumpen an ihren wunden Füßen gemein.

Wir begnadigten sie in ihrer Bedrängnis der militärisch wie menschlich gnadenlos Geschlagenen, und behielten sie im Auge, denn sie wurden den wilden Fabeltieren, die diese klüftigen Hügel angeblich bewohnten, immer ähnlicher.

Wir waren gezwungen, eine Überlebensnische auszuhandeln, als sie sich unter der legendären Führung eines zerlumpten Banditen zusammenrotteten, der genauso aussah wie die trügerischen amerikanischen Filmhelden, die man in den improvisierten Kinos ländlicher Wüstenei auf abgeschiedenen Gehöften zu sehen bekam.

Wir wurden uns einig, denn sie besaßen den gleichen unverbesserlichen Hang zur Verzweiflung, die gleiche Vernichtungslust hinter der Falltür ihrer Augen. Wir benutzten und verrieten sie von Mal zu Mal, in einer schleichenden Dezimierung durch Carabinieri-Hinterhalte, verkauften sie einen nach dem anderen im Tausch für künftige Straffreiheit, und zogen sie aus Spaß in das Heer eines neuen, unantastbaren und ewigen Vaterlandes ein, benutzten sie, um die meuternden Bauern auf den Lehen zu massakrieren, für kleine Räubereien, kurze Geiselnahmen, nicht um des Gewinns, sondern um der Gewalt willen, für kurzatmige Geschäfte, um uns in säumigen Momenten schlechter Zeiten das Überleben zu sichern. Seit wir ihre Seele mit dem Keim des Verrats vergifteten, machten sie sich, weil sie nicht mehr gebraucht wurden, in schleichender Brudervernichtung gegenseitig kalt.

Und wir, Signor giudice, die angeheuert waren, um uns die feinen Künste der Voraussicht, der Apothekerwaagen, des prekären Gleichgewichts, der aristotelischen Logik zur kurzen und gnadenlosen Abzocke anzueignen, lernten schweigend, gehorchten unseren Admiralen ohne die kleinste Spur merklicher Neugier für ihre Pläne, die uns zunächst undurchschaubar erschienen, deren kaum wahrnehmbare Maserungen, feine Arabesken, jähe und nunmehr dennoch vorhersehbare Axthiebe zu leuchten begannen, und schlüpften mit klugen Manövern konzentrischer Einkreisung in die traulichen Winkel kleiner, unerforschter Geschäfte, erweiterten schweigend, Schrittchen für Schrittchen, die perfekten Tunnel ihrer Macht, schoben uns erst mit der einen, dann mit der anderen Schulter hindurch, schleichend wie eine wachsame Katze, mit angelegten Ohren, um nicht ein Fädchen dieses Spinnennetzes zu berühren, das die Welt umfing und von ihnen in Jahrtausenden gesponnen worden war, und regierten, wie nur zu regieren versteht, wer das Wesen der Menschen fest im Griff hat und ihre Vorhaben und Träume kennt.

Signor giudice, wir standen in ihrem Spiegelpalast, wo jedes zurückgeworfene Gegenbild zu etwas anderem, Unergründlichem und wieder zu etwas anderem wurde, bis es sich im Nichts der reinen, abstrakten Macht verlor.

Und als ihnen klar wurde, dass wir bis in ihre Seele vorgedrungen waren, waren sie nicht schnell genug, um uns wie die Gespenster ihrer Alpträume zu verjagen, sondern wir jagten sie einen nach dem anderen hinaus, wohl wissend, dass der Moment der unblutigen Auslieferung gekommen war, denn noch war uns die zwingende Notwendigkeit der physischen Beseitigung nicht klar, wenn sie, von vorzeitiger Altersschwäche vergiftet, in ihren Betten eines natürlichen Todes starben, wenn wir sie auslieferten und wie Geistesschwache auf den Stufen der Polizeiwachen abluden, wo sie im verqueren Wahn von der bruchfesten Macht ihres Spiegelpalastes fabulierten, von dem aus sie kraft des Widerscheins die ganze Welt regierten. Sie wurden schleunigst in die örtlichen Klapsmühlen gesteckt, um den Witzfiguren der Cäsars und Napoleons Gesellschaft zu leisten.

Wir waren die neuen Herren und hielten ein intaktes Reich von Grund und Ackerschollen in den Händen, von aufgehäuftem archaischem Besitz mit Bauernhöfen, Ställen, Schafen und Rindern, Fischerbooten und Fabriken, um den auf See abgeschlachteten Thunfisch in Öl einzulegen, wir, die beim Archivieren des dingfesten Reichtums der Bauern die Bücher führten, wir, die nur in den Gassen der Stadt unseres Schlammlawinenunglücks flink waren, waren die neuen Steuermänner dieses riesigen Schiffes, das die kostbare Fracht des Reichtums weizengoldener Felder geladen hatte. Wir drehten bei und nahmen Kurs auf die unerforschten Ozeane unserer Stadt.

Signor giudice, wir verfeinerten unsere atavistische Voraussicht so sehr, dass wir selbst Naturphänomene vorherzusagen wussten, noch ehe sie in der atmosphärischen Brutstatt gediehen, Winde und Sandstürme, die das Meer an den Küsten Afrikas aus der Wiege hob und uns in einem Übermaß an Großzügigkeit schenkte, die sanften, von der Schwüle erlösenden Gewitter, die schlafenden Wolken unbefleckten Septemberwetters und dann die Hitze des Fegefeuers, die Glut unserer Adern bei beständigen 43 Grad im Schatten, der Schirokkohauch, der mit Jahrmarktspektakel den Durst ausrief, das kleine Mädchen, das zerbrechliche Kristalltränen weinte, die riesenhaften Spuren ausgestorbener Tiere, gefunden in den Parks öffentlicher Lustwandelbarkeiten, die Irrlichter der Müllberge, die in Selbstentzündung entflammten und sich unmöglich löschen ließen. Und dann ist er da, der unstillbare Durst, und je größer die Raserei, desto brennender wird er.

Signor giudice, es gab keinen Tropfen Wasser, und hätte man blutige Tränen geweint, denn unbekannte Vandalen hatten des Nachts die unbewachten Absperrschieber der städtischen Wasserreserven aufgedreht, die auf den Feldern versickerten und die späten Mandarinen bewässerten, indes die städtischen Wasserleitungen das Restwasser schluckten und in die spanischen Eingeweide der vom Wurm der Verwahrlosung zerfressenen Rohre leiteten.

Und obwohl es regnete, lenkten Dachrinnen und Beton das Quellwasser in die von schmutzigem Schaum bedeckten Pfuhle einstiger, zu Müllkippen für Menschenleichen verkommener Flüsse voll unkenntlicher Körperteile, die bei jedem Sturm in einem Hexentanz himmelwärts spießenden Ochsengehörns und abgehackter Lammköpfe dem Meer zustrebten. Signor giudice, mit eigenen Augen habe ich gesehen, wie sich eine ganze Zenturie längst vergangener Zeiten zwischen den unüberwindlichen Betonböschungen des Abwasserkanals schreiend Richtung Meer verlor. Und die Männer weinten vor Verzweiflung über ihr elendes Schicksal, dem die schimmernde Bronze der Rüstungen und Schilde, das scharfe Eisen ihrer Kurzschwerter, die ruhmreichen Insignien SPQR nicht genügten, unerbittlich wurden sie von der namenlosen Kraft ihres Alptraums der vom Reich entsandten Siedler Richtung Meer gedrückt, Siedler, die den unsicheren Küstensaum der Zyklopeninsel so zeichnen sollten, wie Roma caput mundi sie sehen wollte, und dafür bestraft wurden, sie auf dem Kopf gezeichnet zu haben.

Es war ein Durst, Signor giudice, wie Sie ihn niemals empfunden haben, der durch die Druckbehälterlungen der neuen Stadt gestillte, uralte Durst, der uns reich machte, als unumschränkte Importeure mit dem Monopol auf Mineralwasser in sämtlichen Flaschengrößen, Herren des Wassers, weil wir den unterirdischen Goldschatz sämtlicher privater

Brunnen besaßen, und nach vorheriger Absprache des Preises, der zehnmal höher lag als vom Genfer Abkommen festgelegt, füllten sich die städtischen Tankwagen und damit die Bäuche, und weder die angedrohte Beschlagnahmung noch das Flehen des Roten Kreuzes konnten uns davon abbringen. Am Ende zahlten sie die Rechnung ihres gepfefferten Durstes, Signor giudice, weil die Mütter ihre Kinder mit ihrer eigenen Spucke sauberleckten, weil die Straßen vom Aufruhr der Dürstenden gegen die Schlagstöcke der Polizei lebten, die nur die weniger Klugen ruhigzustellen vermochten, derweil die Klügeren mit ihren leeren Kanistern der Verzweiflung an unsere Tür klopften. Wir füllten sie ihnen gratis, Signor giudice, denn ein Tröpfchen Wasser kann man niemandem verwehren. Doch auch sie sollten noch zahlen, Signor giudice, so oder so, in der Nacht aus dem Schlaf gerissen, um diese gute Tat eines Dürstenden für einen Dürstenden unverzüglich zu begleichen, sie sollten zahlen, denn so stand es seit feudalen Zeiten in ihrem Schicksal als Leibeigene festgeschrieben.

Wir waren nichts mehr, Signor giudice, seit die Ära der Wichserei und der Limonade zu Ende gegangen war und die süße Zeit der Frauen und des Champagners anbrach. Wir waren es leid, mit dem Zementstaub des illegalen Baubooms zu handeln, als wir Wolkenkratzer auf tausendjährigen Tuffsteinkathedralen errichteten, sogar die Liebe zu illegalen Pferderennen war uns vergangen, für die wir die großen Vorortstraßen von einem Ende zum anderen sperrten und den Kinderjockeys, die zum Gebrüll der mickerigen Wettspieler trabten, nur das Renngeld zahlten. Gelegentlich strichen wir noch unsere Anteile ein und überließen die stümperhaften Maschen denen, die noch Lust darauf hatten und sie ohne allzu großes Tamtam durchzogen. Wir versuchten, das Geschäft dieses denkwürdigen Jahrhunderts auf die Beine zu stellen, das den uralten Machthunger endgültig stillen würde, Signor giudice. Uns interessierten die Samen der bescheidenen Mohnblume, Signor giudice. Nicht aus pflanzenkundlichen Ambitionen, sondern wegen des unermesslichen Schatzes der Morphinbase, Grundstein des pulvrigen Goldes, das die Gewinne mit jedem Körnchen exponentiell in die Höhe trieb. Eine wunderbare Idee,

Signor giudice, die wir in der Stille unseres urzeitlich arrhythmischen Herzens hegten und endlich Wirklichkeit werden ließen.

Wollen Sie wissen, wie unser wundersames Geschäft seinen Anfang nahm? Auf Nachfrage antworte ich, Signor giudice.

Ich befand mich in den bourbonischen Kerkern unserer Buße, in denen ich wegen läppischer Vergehen willkommener Gelegenheitsgast war. In einer Nachbarzelle waren vorübergehend drei renommierte französische Chemiker auf der Durchreise zu ihren Heimatgefängnissen einquartiert, die man mit den Händen in der Morphinbase erwischt hatte, als sie versuchten, sie im Auftrag irgendeiner Firma des Marseiller Verbrechens zu raffinieren. Es gelang uns nicht nur, ihren Urlaub in den Gefängnissen unserer wunderschönen Stadt zu verlängern, Signor giudice, sondern nach Schmeicheleien und ein paar Drohungen landeten wir sogar allesamt in einer geräumigen, komfortablen Zelle mit erstklassiger und reichhaltiger Verpflegung. Und dort, bei einem guten Schlückchen und einer Partie Karten und ich weiß nicht mehr, ob mit dem Versprechen von fünf Prozent des Gesamtumsatzes unserer zukünftigen Geschäfte, erklärten sie mir, monsieur très gentil, wieso und purquà das türkische Morphium dem thailändischen vorzuziehen sei, wegen des bestechlichen Zolls, wieso und purquà man es zu zwanzig Prozent mit Benzoyltropein mischen sollte, wieso und purquà Aceton besser sei als Ether, wieso und purquà die Kristallbildung der chemischen Synthese des Toluols folgen musste, wieso und purquà, Signor giudice, der Schmelzpunkt des Heroins für den amerikanischen Markt, dem einzigen, der interessante Einkünfte garantierte, über 230 Grad Celsius liegen musste.

Nachdem die neuntägige Novene der Theorie vorüber war, Signor giudice, widmeten wir uns dem Problem der Praxis. Und welcher Ort konnte uns mehr Diskretion, Ruhe und freie Zeit denn auf freiem Fuß bieten als das Gefängnis?

Also fragten wir den Direktor der Umerziehungsanstalt in einem Brief guten Willens und um uns gescheit zu zeigen, ob er es für geboten hielt, in der Turnhalle, in der wir uns vergeblich mit einem sechs Kilo schweren Medizinball abmühten, dem wir brünstige Stöße mit dem Unterleib versetzten und uns dabei Tina Trimuturi, Lina la Granduchessa und Lucia dell'Animamia vorstellten, ein kleines Chemielabor einzurichten, um diese Zufallsgelegenheit, die uns der Aufenthalt in seinem gut geführten Institut in Gestalt dreier hochrenommierter, wiewohl auf Abwege geratener Fachleute von jenseits der Alpen beschert hatte, nicht in die Nesseln gehen zu lassen, die im Hof für den Freigang üppig gediehen.

Wir unterbreiteten dem verehrten Direktor die hochmoralische Frage, ob die Macht der Gefangenschaft für ihn nur in der Strafe für begangene Fehler bestehe oder auch Anlass für bürgerliche Läuterung und/oder eine wertvolle Gelegenheit sei, ein ehrliches Handwerk zu erlernen, vielleicht als einfacher Laborassistent, und den Jüngeren die Aussicht auf ein Hochschulstudium zu verschaffen, das auf solidem, wiewohl im Gefängnis erworbenem Grundwissen aufbauen konnte.

Und der Direktor nahm uns so ernst, dass er kurzerhand die ganze Turnhalle vergeblicher Schinderei ausräumte und wir in einer feierlichen Zeremonie, in Gegenwart des Bürgermeisters, des Präfekten und des Erzbischofs, aus den Händen der Gefängniswärter Retorten, Reagenzgläser, Destillierkolben und einige harmlose Chemikalien entgegennahmen. Wir begannen, uns mit den Grundlagen der Raffination unseres guten Sterns très magnifique vertraut zu machen, der zu funkeln begann.

All dieser Wirbel des guten Willens und der chemischen Ausbildung drang durch die Mauern der Strafanstalt, Signor giudice, weshalb uns unser Anwalt in einem panischen Dringlichkeitstreffen fragte, Was zum Henker bezweckt ihr mit diesen Spinnereien von ehrlicher Arbeit und euren Reuebekundungen? Als Antwort lieferten wir eine fotokopierte Liste sämtlicher Gerätschaften und Produkte, die in der ehemaligen Gefängnisturnhalle bereits in Benutzung waren, die sie streng nach den Angaben auf dem Zettel an einem Ort ihrer Wahl bereitstellen und uns in der Zwischenzeit, anlässlich des heiligen Osterfestes, genug Morphinbase anstelle kandierter Cassata ins Gefängnis schaffen sollten.

An jenem Montag der Auferstehung synthetisierten wir ein so reines Heroin, Signor giudice, dass der Schmelzpunkt mit Bravour 270 Grad überstieg. Selbst die gelehrten Franzosen waren von den erstklassigen Resultaten verblüfft, Signor giudice, und wie wir mit den Dosierungen auf Anhieb richtiglagen, und sogar die Vollkommenheit der Farbe verblüffte sie. An jenem glorreichen Montag trafen unter Applaus und Trinksprüchen auch die Glückwünsche des

Direktors unseres Kerkers der Buße ein, der seine gepeinigten Insassen auf dem Weg der gerechten Erlösung zu diesem Festtag nicht vergaß und mich, umgeben von herrlichen Tabletts voller Cannoli, ausdrücklich zu meiner baldigen Entlassung beglückwünschte.

Signor giudice, der Direktor persönlich hatte meine gute Führung mit Lobesworten beim Überwachungsrichter bezeugt, der mir mit einem einzigen Federstrich ein Viertel meiner zu verbüßenden Strafe erließ. Au revoir.

Auf Grundlage dessen, was wir erlernt und erprobt hatten, machten wir uns nach diesem lohnenden Gefängnisurlaub sogleich an die Arbeit. Während in der Gefängnisturnhalle das Märchen vom Schullabor weiterging, wo man sich zum Erstaunen der Wärter und zur Begeisterung des Direktors das Periodensystem schludrig ins Gedächtnis schrieb, wundersame Arabesken aus Kupferoxidkristallen schuf und in den mit Eiswürfeln gekühlten Retorten sogar tropfenweise destilliertes Wasser herstellte, hatten wir in unserem nach dem Gefängnisvorbild kopierten Labor bereits ein paar Kilo Morphinbase mit einem beachtlichen Reinheitsgrad raffiniert. Mit jeder Stunde, die verging, Signor giudice, wurden wir nicht nur besser, sondern fingen wie fleißige kleine Chemiker an, die Formeln zu überarbeiten und sie, ohne sie zu verdrehen, unseren Bedürfnissen als Veredler erster Stunde anzupassen.

So fügten wir dem wunderbaren Rezept zuerst eine Prise Marmorpulver, dann ein bisschen grobes Salz, dann von den Wänden gekratzten Putz und des Nachts von den Baustellen geklautes Zementpulver hinzu, und dann, in einer bis zu den dürftigsten Zutaten abfallenden Reihenfolge, den unterschiedlichsten Staub unseres staubigen Landes, was die Mengen erheblich veränderte und die Spitzenqualität unseres Produktes nicht merklich schmälerte. Wir hatten keine großen Skrupel. Gift ist es so oder so.

Signor giudice, so begann unser fiebriges Urzeitgewerbe kontinuierlicher, pausenloser Schichtarbeit im improvisierten Labor in Mamas Keller, zwischen den durch todgeweihte Alchemie entstandenen Tomatensauce-Flaschen, in dem wir den riesigen Ratten, die unter Belagerungsquieken die Räume und Flure bevölkerten, mit Pistolenschüssen den Platz streitig machten. Körnchen für Körnchen bauten wir unser Glück chemischer Entrückung, das wir en détail an die endlose Schlange Verzweifelter aus den Vierteln und en gros an die Schiffe mit den Namen englischer Adeliger verkauften, die in den Buchten abseits des Hafens vor Anker lagen.

Bei günstigem Schirokko nahmen sie die toxischen Routen gen Westen, die in einem hypnotischen Umzug unerreichbarer Sättigung nach Manhattan, Los Angeles, San Francisco führten.

Das pulverförmige Vergessen wurde in Form von kunstvollen, nach unserer Tradition gefertigten Fliesen-Attrappen, zwischen Orangen, Mandarinen, Äpfeln, Birnen und dann, als der Zoll, um ein Quäntchen Macht auszuüben, ein paar Ladungen abfing, ohne deren versteckte Natur zu erkennen, in unterschiedlichen Tieren verladen.

Von den Flughäfen starteten die aus den Pappkartonpfahlbauten der Peripherie geholten Frauen, die wir aus dem hungernden Elend rissen und wie Sonntagsrouladen mit reinstem Heroin vollstopften, in nummerierten Päckchen schoben wir es in ihre intimsten Öffnungen, bis sie sagten, Ich bin voll. Wir setzten sie wie Geschäftsfrauen in den Flieger und schleuderten sie mit der Flugzeugsteinschleuder nach Amerika, wo sie geleert und abermals mit Dollars für die Rückreise gefüllt wurden, in einem unablässigen Tauschhandel milliardenschwerer Füllungen, die das Sümmchen unseres märchenhaften Reichtums aufrundeten.

Zugleich ging das chemische Experiment in großem Stil weiter, denn, Signor giudice, der einzige Haken am Glück bestand darin, die gierigen Lieferanten der Morphinbase saftig im Voraus zu bezahlen, die mit den gleichen Piratentricks über die Ostrouten zu uns kam. Auch dafür fanden wir eine Lösung in jenen Jahren, in denen sich alles, was wir anfassten, sogleich in Gold verwandelte.

Wir fingen an, Entrückung aus Feldblumen zu synthetisieren, aus fruchtlosen Margeriten, die auf dem Gehsteig sprossen, aus Rosmarin und Oregano und sämtlichem Unkraut, das in unseren den Alpträumen des pflanzlichen Chaos seit Jahrtausenden überlassenen Gärten wucherte, ohne je den tödlichen Wert und die medizinische Giftigkeit des Produktes zu verfälschen.

Wir eröffneten Fabriken, Signor giudice, wie man sie in unserem Land noch nie gesehen hatte, und ließen Schuhe produzieren, die nicht für den Fuß, sondern zum Befüllen mit Heroin gemacht waren.

Wir stellten Ping-Pong-Bälle her, nicht um sie über die Platte hüpfen zu lassen, sondern um die Entrückung aus ihnen mit der Nadel direkt in die Spritze zu ziehen. Wir fabrizierten alles, Verpackungen, die nicht nur zu befüllender hohler Schein waren, sondern erstklassig und preisgünstig, so dass neben den Heroinbestellungen auch die unschlagbaren ungefüllten Ping-Pong-Bälle gegen Sofortkasse geordert wurden, die unter den internationalen Tischtennis-Champions äußerst beliebt waren, und neben soundso vielen Tonnen Heroin aus fruchtlosen Gehsteigmargeriten wurden soundso viele Paar Schuhe geordert, weil sie bequem und wegen ihrer therapeutischen Wirkung zur Heilung des Fersensporns sehr geschätzt waren.

Signor giudice, wir stellten ein industrielles Spektakel auf die Beine und läuteten eine florierende Ära des Wohlstands ein, in der unsere übelsten Geschäfte gut und unsere guten Geschäfte noch besser liefen. Uns wurde nicht mehr allzu viel abverlangt in jenen Jahren, in denen wir vor aller Augen unsere eigenen Manager waren, Wohltäter des Landes, das den funkelnden Fortschritt und den Wohlstand allgemeiner Beschäftigung erahnte. Wir waren so tüchtig, dass wir am Ende nicht mehr wussten, was wir herstellten und für wen, Signor giudice. Wir ahnen, dass uns dieses Imperium des alles produzierenden Nichts aus den Händen glitt, und gerieten mit der Buchführung durcheinander, konnten die Einnahmen nicht mehr von den Ausgaben unterscheiden, verloren uns in den Börsenkursen, verhandelten, ohne es je zu einem Blue Chip oder einer Vorzugsaktie zu bringen, schielten auf die US-Währung und den internationalen

Wechselkurs und kauften alles, was uns angeboten wurde, ohne Grips und gesunden Menschenverstand.

Wir fragten uns, was zum Scheißdreck freie Radikale seien und wozu man sie brauche, trotzdem waren wir die ersten Aktionäre, und was zum Scheißdreck ein Chip sei, wohl ein Vogelschilpen, und kauften ihn trotzdem, und was hard und was soft sei, und glaubten, man wollte uns verarschen. In dem Keller, in dem die von chemischen Dämpfen und hektischer Betriebsamkeit aufgekratzten Ratten Fußball spielten, trudelten unablässig Faxe mit den Londoner Börsenkursen und den Aktivposten unseres mit allen menschengemachten oder von Gott geschaffenen Produkten dieser Welt errungenen Erfolges ein. Uns ging auf, Signor giudice, dass ein ordentlicher Batzen von alldem uns gehörte.

Das Unternehmen war so gut zum Laufen gebracht, dass es von allein funktionierte. Morgens um acht legte die monströse Gelddruckmaschine los, wenn die Monitore wie Christenmenschen erwachten und sich abends um sieben abschalteten, um auf ihren elektronischen Weiden zu grasen. Wir mussten nichts weiter tun, als gemäß den letzten Bildschirminformationen steinreich nach Hause zu gehen, wenn auch mit einem erschöpfenden Gefühl der Nutzlosigkeit, als hätten wir den lieben langen Tag Ziegelsteine abgeladen.

Stattdessen hatten wir reglos dagesessen und dieses Biest beobachtet, das die ganze Welt wiederkäute und den Zaster direkt auf die Geldkonten schiss, an geraden Tagen auf die in der Schweiz, an ungeraden auf die in Luxemburg. Wir spielten Weitspucken zwischen den Stühlen, um die Wartezeit totzuschlagen, Signor giudice, und wurden Milliardäre, ohne einen Finger krumm zu machen.

Schließlich fingen wir an, uns wie sesselfurzende Angestellte voll väterlichem Stolz von den sprachlichen Fortschritten unseres Nachwuchses zu erzählen. Da begriffen wir, dass nicht wir die Herren dieses riesigen Schuppens waren, wie man uns mit elektronischen Lügen glauben machte, indem man uns einen unermesslichen Anteil von noch viel unvorstellbareren Gewinnen abgab, die keine mathematische Formel je hätte berechnen können. Wir begriffen, dass wir sogar über uns selbst die Macht verloren, es gelang uns nicht mehr, uns im alten Ganovenkauderwelsch unserer Viertel zu unterhalten, von denen jedes seine eigene Sprache, seine eigenen Gesetze und seinen eigenen Schutzheiligen hat.

Signor giudice, wir gaben unserem milliardenschweren Niedergang Auftrieb, als man uns das dürftige künstliche Vokabular unbekannter Fremdsprachen beibrachte, die sich unserer bemächtigten, obwohl wir das Gegenteil glaubten, als wir anfingen, unsere Töchter Deborah und Samantha und unsere Söhne Robby und Rudy zu nennen, und den Haustieren zum Ausgleich Menschennamen in unserer Sprache gaben, die Katze Filippo und den Hund Vincenzo nannten. Signor giudice, um uns nicht restlos in diesem Zauber verstümmelter, zerbrochener Namen zu verlieren, die schon verschluckt waren, ehe man sie ausgesprochen hatte, fingen wir an, die schwer fassbare Ratte, die das Computerkabel auffraß, Saverio und die Hamlet'sche Ratte, die an sich selbst zweifelte, als wir sie im Papierfach des Laserdruckers ihre Jungen zur Welt bringen ließen, Mimma zu nennen.

Das, was wir als anthropologischen Niedergang wahrnahmen, wurde teils von den Zahlen mit neun Nullen überdeckt, die der Computerkompass als unseren täglichen Gewinn auswies. Doch waren das so abstrakte und unwägbare Mengen, dass wir den Sinn unseres Reichtums nicht zu erfassen vermochten. Und als Reiche fühlten wir uns arm, denn trotz des astronomischen virtuellen Gewinns konnten wir den Pastatopf nicht aufs Feuer stellen und kauften unsere Zigaretten von erschnorrten Almosen unserer Familien, mit dem Versprechen, es zurückzuzahlen.

Signor giudice, aus diesen unsichtbaren Summen musste Zaster werden. Über den Computer sandten wir von unserer mittellosen Insel hungernder Milliardäre das Essoess aus, schrieben in elektronischen Lettern, dass wir das echte Rascheln von Papiergeld zwischen unseren Fingern hören wollten, denn so hätte es keinen Zweck, diese gehaltlose Industrie wäre am Ende, wenn wir am Hunger krepierten.

Und auf der anderen Seite des Ozeans unseres Vermögens, auf der anderen Seite dieser elektronischen Welt, fing jemand unsere Nachricht ab.

Und da, Signor giudice, kam der Zaster.

Er kam in solchen Mengen, dass wir nicht wussten, wohin damit. Als die Hosentaschen nicht mehr reichten, benutzten wir die Jackentaschen, dann die Socken, und als keine Socken mehr übrig waren, fingen wir an, ihn unter Blumentöpfe und Teller zu stecken, und als uns die horizontalen Ablagen ausgingen, fingen wir an, ihn wie alte Gemälde an die Wand zu hängen, Signor giudice. Wir steckten ihn in die Kissen, denn es war einfacher, sie mit Zaster zu stopfen, als sie zum Polsterer zu bringen. Und als jeder Winkel unserer Häuser vor Zaster überquoll, beschlossen wir, ihn auszugeben. Allerdings waren wir den Umgang mit Geld so wenig gewohnt, dass wir aus Schüchternheit eine Schachtel Streichhölzer mit einem Hunderttausend-Lire-Schein bezahlten. Und statt die Probleme zu lösen, machten wir sie noch schlimmer, Signor giudice. Der Zaster vermehrte sich, zum Papiergeld gesellten sich die Münzen, die sich unter dem Bett, neben dem Klo, in den Hängelampenschirmen häuften und mit ihrem störenden Klimpern und ewigen Kullern auch unsere Gehirnkammern durcheinanderbrachten.

Da fiel der Groschen, und wir begriffen, dass das Wesen des Geldes darin besteht, zu etwas anderem zu werden, genau wie bei den Menschen. Die astronomischen Zählungen dieser Papierberge hatten unsere Hirne vergrößert, und wir fingen an, den Zaster auszugeben, um unsere Wohnungen ebenfalls zu vergrößern und das Bankkuddelmuddel mit den streikenden Kassierern loszuwerden.

Der Zaster wurde das einfachste Mittel, um erst die Grundbedürfnisse und dann die Genusssucht zu befriedigen und uns schließlich die abgedrehtesten Verrücktheiten zu ermöglichen.

Signor giudice, ich kann Ihnen von unseren protzigen Klos vorschwärmen, in denen es für jede Kackwurst eine extra Schüssel gab, von den goldenen Wasserhähnen in allen Tiergestalten der Schöpfung, einem für warmes Wasser, einem für kaltes Wasser und einem für Wasser, wie immer Sie es wünschen, Signor giudice. Wir hatten eine sprechende Dusche und eine Gummiente, damit wir uns während des ausgiebigen Bades am Sonntagmorgen nicht langweilten. Wir verwandelten den Zaster in Gold, zuerst in Barrenform, dann in sämtliche Formen der Goldschmiedekunst. Wir hatten schon alles Nutzlose, da begriffen wir, dass dieser Kaufrausch nicht genügen würde, um uns von der unerschöpflichen Geldlawine zu befreien. Wir kauften uns neue Autos, Signor giudice, eines nach dem anderen, um uns gegenseitig neidisch zu machen. Aber wir waren so aneinander gewöhnt, dass die einzige Überraschung, die wir einander bereiten konnten, darin bestand, am Ende haargenau die gleichen Autos zu besitzen, nicht nur in puncto Marke und

Modell, sondern auch was die Farbe und die Sonderausstattung betraf, und wir fuhren herum wie eine einzige, hundertmal in sämtlichen Straßen gespiegelte Person, Signor giudice.

Wir schmissen unsere Lumpen weg, Signor giudice, und kleideten uns von Kopf bis Fuß neu ein. Wir fingen an, die Luxusboutiquen zu frequentieren, aber auch die langweilten uns, als unsere Schränke vor schottischen Wolljacketts, Nadelstreifenhosen und argentinischen Lederschuhen überquollen.

Wir hatten uns so tief in den alltäglichen Luxus und die Verschwendung hineingebohrt, dass wir nicht merkten, zu den Clowns der Maßschneidereien geworden zu sein. Wir merkten gar nichts mehr, Signor giudice, bis uns aufging, dass wir wie feine Rokokodamen herumspazierten, mit Spitze und Stickereien, Satin und Schleiern, Schönheitsfleck auf der Wange und Lackschuhen mit goldener Schnalle. Und uns ging auf, dass wir uns von einem Gehsteig zum anderen mit Häkeltaschentüchern samt handgesticktem Monogramm zuwinkten.

Wir trugen keine Waffen mehr, Signor giudice, weil der Pistolenknauf unter den Korsettstäben drückte und der Schneider sagte, diese Wölbung sehe unvorteilhaft aus unter dem Jackenbrokat.

Wir waren so lächerlich, Signor giudice, dass sogar unsere Mütter sich weigerten, uns zu erkennen und in die Wohnung zu lassen, um die Luft nicht mit dem Mief unserer Veilchenparfums zu verpesten.

Wir waren nicht mehr wir selbst, Signor giudice. Noch

weniger wiederzuerkennen als die Male, die wir abtauchen mussten und uns mit falschen Bärten und Bauernkappen verkleideten.

Es kam so weit, dass die gutwilligsten unter den Bullen und Carabinieri die Höflichkeit besaßen, uns darauf hinzuweisen, dass es so, mit Verlaub, nicht weiterginge, wollten wir nicht riskieren, versehentlich hinter Gittern zu landen, gedemütigt in den Schlangen der Hafentransen, entehrt durch ein arglos verhängtes Bußgeld wegen Erregung öffentlichen Ärgernisses.

Sogar der Pfarrer, dem wir den Altar mit eindrucksvollen und prächtigen Votivbildern unseres Reichtums aufgehübscht hatten, machte uns während der Sonntagspredigt klar, dass es nicht angemessen sei, als Männer mit einer Zopfperücke herumzulaufen und mit dem Siegelstempel eines Wappens aus der Zeit des Vizekönigs zu unterschreiben, das einem adeligen Selbstmörder gehört hatte, dessen Familie die Wappensymbole samt Landauer und livriertem Diener zur Auktion freigegeben hatte.

Doch erst, als sie meinen ältesten Kameraden unter den Freunden der Vereinigung mit einer Achtunddreißiger erschossen, wurde uns restlos klar, was für ein lächerliches Theater wir aufgeführt hatten. Er hatte die Epochen unserer Geschichte so durcheinandergebracht, dass er, als er den Pistolenlauf vor der Nase hatte, seinen Auftragsmörder mit spätrokokohafter Verblüffung anhielt, Nur zu, du Lump, wenn es nottut, sind wir es gewohnt, mit dem Stilett zu fechten, und der schoss und glaubte, sein Auftraggeber hätte sich geirrt und er würde den Falschen ermorden.

Signor giudice, dieser Mord zwischen zwei Epochen riss uns aus unserer Trance, und während sie unseren Freund auszogen, um ihn zu identifizieren, Signor giudice, zogen wir uns ebenfalls aus und nahmen unsere Perücken ab, wie es die Männer des zuständigen Staatsanwaltes bei ihm taten. Mühsam befreiten sie ihn von den Drapierungen und Rüschen und rissen ihm die schweren, von den Kugeln zerfetzten Vorhangstoffe herunter.

Der Gerichtsmediziner wartete mit Reinigungsmilch auf, um ihm die dicke Theaterschminke herunterzuwaschen, das Wangenrouge, den koketten Leberfleck im Winkel seines toten Laffenlächelns. Und als sie zur rechten Schulter kamen, erkannten auch wir ihn, Signor giudice, er war es, wir erkannten ihn an seiner in Trakt sieben, Zelle 22 mit dem Messer eingeritzten Täuflingstätowierung zum Eintritt in die heimatlichen Knäste unserer Buße.

Nach und nach streiften wir unsere Rokokoillusionen ab und starben jeden Tag, kaltgemacht durch die unbekannte Hand aasiger Mörder, Signor giudice. Ein interner Krieg war ausgebrochen, und sosehr wir versuchten, hinter seine verborgenen Regeln zu kommen, sosehr wir uns den Kopf über seine Fronten und Beweggründe zerbrachen, brachten wir doch nichts anderes zuwege, als uns meucheln zu lassen wie die Kellerratten.

Sie meuchelten uns mit rühriger Schaffensfreude, Signor giudice, und uns blieb nichts anderes übrig, als das entsetzliche Ableben unserer zukunftslosen Kameraden zur Kenntnis zu nehmen. Manche starben durch die makellosen Einschusslöcher von Pistolen, manche durch die verheerenden Läufe abgesägter Flinten, manche jedoch rangen vor ihrer Haustür mit dem Tod, lagen mit aufgeschlitzter Kehle in der frischen Morgenluft, die das Vibrato des Gaumensegels mit den Tönen des eigenen Trauermarsches erfüllte.

Es war ein solch industrielles Schlachten, dass wir den Schalter suchten, um es abzustellen, aber weil wir den Anfang nicht begriffen, konnten wir uns auch das Ende nicht vorstellen. Signor giudice, jeden Tag gab es so viele Ermordete, dass man zum Appell rufen musste, Ganascia anwesend, Scaduto gefallen, und jeden Morgen wurden die Listen neu geschrieben, die Landkarten dieses Mordens über den Haufen geworfen, das kein Krieg, sondern eine einseitige Auslöschung war, da das Sterben nur unsere Seite betraf. Alle Berechnungen unserer Streitkräfte waren umsonst, und man musste von vorn beginnen, weil sie den Listenführer umgebracht hatten.

Es gab einen solchen Stau an Leichenzügen, dass das Weinen der einen sich mit dem Weinen der anderen mischte und zu einer allgemeinen Klage anschwoll, so dass wir nicht auseinanderhalten konnten, welchen Ermordeten sie beweinten. In den Särgen herrschte ein solches Leichendurcheinander, dass wir, kaum auf dem Friedhof, feststellten, den falschen Toten geleitet zu haben, unserer war der andere.

Signor giudice, wir lernten, mit offenen Augen zu schlafen wie die Käuzchen, auf unserem Ast des Schreckens hockend, und wir sägten die Gitterstäbe vor unseren Schlafzimmerfenstern ab, um einen Fluchtweg zu haben, lernten, unsere Beruhigungszigaretten mit der Glut im Mund zu rauchen, um keine glimmende Zielscheibe zu bieten, und obwohl wir uns mit schusssicheren Westen eindeckten und unsere identischen Autos mit bruchsicheren Scheiben versiegelten, die selbst Panzergeschützen standhielten, starben wir auch weiterhin durch unbekannte Mörderhand.

In diesen haufenweisen Morden lag eine solche Grausamkeit, ein solcher Ingrimm, dass wir zu spät begriffen, dass diese feige Mörderhand nicht unbekannten Fremden gehörte, sondern die eigene Rechte war, die die Linke verriet. Wir mussten uns in die Seele schauen, um uns vor uns selbst zu retten.

Es waren so wenige von uns übrig, Signor giudice, dass wir einander beim Durchzählen nur ins Gesicht sehen mussten, und an der Art, wie wir die Augen bewegten oder uns den struppigen Bart unserer schlaflosen Nächte kratzten, versuchten wir den Hauch eines Verrats zu erahnen.

Wir erteilten uns den atemlosen Befehl, unsere ermordeten Kameraden von nun an nicht mehr zu beweinen. Im Gegenteil, der unmissverständliche, weil wortlos gegebene Befehl lautete, zu lachen, statt zu weinen, Signor giudice, er lautete, genau das Gegenteil dessen zu tun, was unsere Mörder von uns erwarteten, in einer Verdrehung der Gefühle, in einem irren Durcheinander, in dem die Verräter bei der Scharade ihres Verrats weinen würden, statt zu lachen, und mit ihren Tränen, bis zum Hals in der Scheiße, allein dastünden.

Signor giudice, beim x-ten Ermordeten kam uns die nicht sonderlich ausgefallene Idee, unseren Unternehmensanwalt darüber in Kenntnis zu setzen, der uns mit den rettenden Paragrafen und schwammigen Absätzen aus den heimatlichen Knästen unserer Buße holte, den Papierkram für unsere Wiedergutmachungshochzeiten erledigte und unsere Kinder mit dem Gestus der gesetzgebenden Heiligkeit des unangefochtenen Staranwalts taufte, der zehnmal so viel verdiente wie seine reichsten Kollegen, weil uns die Bürde und Besonderheit seines Amtes bewusst war.

Doch als die Sekretärin uns ankündigte und wir sein Büro betraten, um ihm mit der Gleichgültigkeit der Gewohnheit mitzuteilen, man hätte den unersetzlichen Freund unserer Weitspuckwettbewerbe ermordet, geriet seine Intelligenz ins Wanken, und er fing an, Tränen der Lüge zu weinen. In dem Moment stieß unser wiederauferstandener Kumpel zu uns, der im Vorzimmer gewartet hatte, und bei seinem Anblick begriff unser Anwalt, dass dies nicht nur für ihn, sondern für die gesamte Schlangenbrut der Anfang vom Ende war.

Er fing an, wahre Tränen zu weinen, als er uns das Warum dieses Blutbades zu erklären begann, während wir ihm die linke Hand auf Höhe des Kirchenrechts an sein stattliches Bücherregal aus heimatlichem Nussbaumholz nagelten und ihn, gekreuzigt wie Jesus Christus, verbluten ließen, auch wenn er nur ein Mistkerl war, der auf die Hände gespuckt hatte, die ihn großzügig fütterten.

Die Gründe für das an uns verübte Gemetzel erschienen uns so unfassbar sinnlos, die Liste der an uns verübten Morde verletzte uns so tief, dass uns die Ernüchterung über die ganze Welt unversehens in die Knie zwang. Wieder einmal wurde uns klar, wie durch und durch beschissen das Wesen der Menschen war, wie erbärmlich und fantasielos die Triebfeder der Gier, die uns fast alle umbrachte. Denn, Signor giudice, bei diesem Todeshandel mit unserem eigenen Fleisch ging es immer um Zaster, als gäbe es davon nicht für alle mehr als reichlich, bei der Unmenge an schmutzigen und sauberen Geschäften, die uns sehr viel mehr als Luxus einbrachten und uns, statt uns in der Herrlichkeit unserer vor Milliarden strotzenden Höfe zu vereinen, trennten und abschlachteten. Signor giudice, auch deshalb malten wir uns unvorstellbare Vergeltung aus. Und je mehr wir sie uns ausmalten, desto fordernder wurde der sechste Sinn der Bosheit und zwang uns, in der Ungeduld der Wut und des wilden Hasses die Zähne zusammenzubeißen.

*N*och ehe uns bewusst wurde, dass wir zu Mördern geworden waren, begannen wir das Töten und gingen die in der Ektase der Kreuzigungsfolter erpresste Namensliste durch. Vorneweg starben die Zwillingsbrüder, die selbst ihre Gefängnisstrafen symbiotisch durchlebten, und so stellten wir sie auch im Tod zufrieden, am Ausgang der Umerziehungsanstalt, wo sie mit den synchronen Bewegungen erlegter Tiere zusammenbrachen, mit dem gleichen überraschten Grinsen auf den Lippen, das den Totengräber mitfühlend lächeln ließ, als er sie für immer in seine drittklassigen Kiefernsärge steckte.

Dann ermordeten wir den Seeigelverkäufer, der dem Ufer den Rücken zukehrte, und töteten ihn mit präzisen Salven vom wendigen Heck unseres Seeschmuggler-Motorbootes, dann ermordeten wir den Alteisenhändler, durchsiebten ihn mit unseren Kugeln wie eine Lochstickerei und ließen ihn in seiner Werkstatt für antike Fälschungen verbluten, und weil wir schon in der Gegend waren, durchbohrten wir seinen Nachbarn mit einem einzigen Schuss ins Gesicht, obwohl er eigentlich ein paar Tote später dran gewesen wäre, doch um uns das Hin und Her zu ersparen und dem unerträglichen Verkehr der Mittagszeit zu entgehen, räumten wir ihn sofort aus dem Weg.

Punkt für Punkt gingen wir die Liste durch, schossen in den Gassen und auf den großen Plätzen auf Sicht, trafen unser Ziel im Fadenkreuz des Hasses, töteten sie in ihren Ehebetten, in denen wir die Frauen zunächst verschonten und dann in der aufwallenden Wut, sie verschont zu haben, ebenfalls umbrachten.

Im Fluss der Abrechnung gaben wir keinem die Chance, zu entkommen und zu fliehen, fast alle wurden kalt erwischt, in verrutschten Schlafanzügen, auf links getragenen Unterhemden, heruntergelassenen Hosen, während sie ihr Geschäft verrichteten, ohne einen letzten Gruß an ihre Eltern oder eine zärtliche Abschiedsgeste für die Kinder. Sie starben, wie es kam, Signor giudice, wurden vom jähen Schuss unserer Waffen aus dem rüden Alltag ihres ungeschönten Lebens gerissen. Es erwischte sie kalt, doch im kurzen Todeskampf blieb ihnen die Gewissheit, dass tatsächlich wir es waren, zurückgekehrt aus der Vorhölle der Verratenen, dem Vorzimmer des Ablebens, um wie Todesengel abzurechnen, Signor giudice, die Augen hinter dunklen Brillen verborgen, um das Grauen nicht durchblicken zu lassen, sie mit meinen eigenen Händen töten zu müssen.

Wir lernten, dass die menschliche Beschaffenheit ganz anders ist, als man glaubt. Uns verblüffte die rote Farbe des Blutes, das nicht wirklich rot ist, uns verblüffte die milchige Farbe des verspritzten Hirns auf dem Asphalt, die von den Kugeln zersplitterten weißen Knochen, die Ähnlichkeit der ellenlangen Eingeweide mit gehäuteten Tieren, die sich im Tod noch regen.

Eigenhändig richtete ich den Lauf auf das Gesicht des Letzten auf der Liste, den ich immer wieder aufgeschoben und mir bis zum Schluss aufgehoben hatte, Signor giudice, und das Letzte, was er sagte, war Hurensohn, dann explodierte sein Mund, den ich ihm mit dem Blei meiner Kriegs-Fünfundvierziger stopfte.

Die Todesgewissheit hatte ihn dermaßen erschüttert, dass er selbst beim Fluchen durcheinandergeriet und seine Mutter als Hure schmähte, wo er doch mein Bruder war.

Wir setzten das Töten weit über die Namen der Liste fort, zuerst waren deren Verwandte und dann die Freunde dran. Und wir beschlossen, sie allesamt auszulöschen, Signor giudice, um posthume Rache zu vermeiden, die Verwandten bis zum dritten Grad und dann sämtliche Freunde bis zu den einfachen Bekanntschaften.

Es war eine so endlose Reihe an Leben, die es zu nehmen galt, dass uns die Ersatzmunition der Patronengurte ausging, also kehrten wir in unseren Keller der Entrückung zurück und experimentierten mit grausamer Todesalchemie.

Wir stellten sie in einer Reihe auf, jeden mit einer Losnummer, Ihr haltet sie fest, ich erwürge sie nach den Regeln der Lottoziehung mit meinen eigenen Händen, du wirfst sie in die Tonnen mit Salzsäure, die eine so verheerende Wirkung auf den menschlichen Körper hat, dass es nur Sekunden braucht, man hat kaum den Nächsten stranguliert, da hat sich der Vorige bereits wundersam verflüssigt, es bleibt nicht das kleinste bisschen übrig, Signor giudice.

Wir hatten eine Todesfabrik zum Laufen gebracht, deren Qualität und Präzision selbst uns erschaudern ließ. Um dem Vernichtungsbedarf noch schneller zu genügen, ließen wir das Fließband noch geschmeidiger laufen, übersprangen die Erdrosselungsphase und warfen sie lebend in die Salzsäure, in der sich auch das Gnadengewinsel der Sterbenden auflöste.

Als sich wegen der Masse an Vernichtungen der Zersetzungsprozess verlangsamte, dümpelten nur noch Rümpfe mit zerfressenen Gliedmaßen im träge brodelnden Tod, ohne ein einziges Haar, sie sahen aus wie Neugeborene, und wir trösteten sie und sagten, Allen ist gleichermaßen das Leben eine Bürde.

Sie lebten noch, Signor giudice, während sie uns dahindümpelnd anflehten, sie rasch zu töten, weil sie es nicht mehr ertrugen, am Leben zu bleiben.

Das Grauen war so entsetzlich, dass viele von uns in Ohnmacht fielen oder versuchten, dem flehend Verätzenden eine helfende Hand zu reichen, die in diesem Fest der Verflüssigung für immer verloren ging, als Warnung, dass es von der Vergeltung kein Zurück gibt.

Allabendlich sammelten wir vom Grund der Tonnen, was die Säure nach einem Tag der Auflösung übrig gelassen hatte, einen kleinen Schatz von Goldzähnen, Kettchen der Schmerzensmadonna, Verlobungs- und Eheringen, Glasaugen der Einäugigen, Stahlplatten, die die Beine der Lahmen zusammengehalten hatten. Das war das einzige Vergnügen eines anstrengenden Tages, an dem sich auch ihre Seele in der Säure aufgelöst und mit dem ganzen Rest im Klo gelandet war.

Und sosehr Gott sich mühte, er konnte sie einfach nicht finden und musste im Gottesreich einen neuen Höllenkreis für in Säure aufgelöste tote Verräter einrichten. Doch tat er das nur, um die Korinthenkackerei des Teufels zufriedenzustellen, denn in diesem Höllenkreis hat man nie eine einzige Seele gesehen.

Wir waren nichts mehr, Signor giudice, obschon der Lärm unserer Blutrache so gewaltig und die erwirkte Reue bei unseren Feinden und bei denen, die sich bereit machten, es zu werden, so entsetzlich gewesen war, dass wir irgendwann niemanden mehr umbrachten, in einem falschen, seelenruhigen Frieden, in dem sich jeder wieder um seinen eigenen Kram kümmerte, wohl wissend, dass es eine Salzsäuretonne gab, die nur darauf wartete, wieder in Betrieb genommen zu werden.

Hin und wieder, doch nur um nicht aus der Übung zu kommen, brachten wir jemanden um, fesselten ihn wie einen Ziegenbock und überließen die Beerdigung und die Scherereien unvermeidlicher Ermittlungen den diensteifrigen Ordnungshütern.

Auf Nachfrage antworte ich, Signor giudice. Nein, diese Fesselungsmethode mit hinter dem Rücken verschnürten Händen und Füßen und der um den Hals gelegten Schlinge ist keine ausgeklügelte Mordmethode, nein, Signor giudice, das Opfer tötet sich nicht selbst, indem es die Halsschlinge mit den Füßen zusammenzieht. Niemals würden wir es uns nehmen lassen, diese miesen Stücke Scheiße selbst zu töten.

Wir schnürten sie nur zusammen, um sie leichter in den Kofferräumen unserer Autos transportieren zu können und damit sie in den Müllcontainern weniger Platz wegnahmen.

Signor giudice, das Erstaunliche an jenen windstillen Tagen nach dem Sturm, an jenem künstlichen Arkadien, in dem alle aus Furcht über nichts redeten, war die Tatsache, dass der Frieden mehr Angst machte als der Krieg. Ohne Ermordete, ohne das Feuerwerk unserer Racheartillerie, ohne Überfälle und Schießereien, ohne das sinnlose Hin und Her der Carabinieri, Staatsanwälte, Gerichtsmediziner, Totengräber und Journalisten, fragte sich die ganze Welt, Was treiben sie bloß in dieser verdächtigen Stille, was hecken sie aus, während wir unseren Alltag fristen und den sprechenden Köpfen im Fernseher zuhören, die nichts zu sagen haben? Derweil sprach zu uns das Herz, Signor giudice, mit seinem Pochen, das von einer dumpfen, unbegreiflichen Angst erzählte, poch-poch, und uns wissen ließ, dass wir allesamt abgemurkst worden waren, auch wenn wir es noch nicht bemerkt hatten, dass wir lebende Tote waren, die auf ihre Autopsie warteten, ehe man uns das Licht für immer ausknipsen würde.

Das war der Gemütszustand der Welt, Signor giudice, und wir, auf der anderen Seite der Barrikaden, lauschten auf das Pochen ihrer Herzen und versuchten es mit dem unsren in Einklang zu bringen, vergeblich bemüht, den Bann düsterer Schiffbruchsfröhlichkeit zu brechen, den wir selbst heraufbeschworen hatten.

Am Ende ertranken auch wir in der Traurigkeit der Totenfeier ohne Leichnam und liefen zwischen den schroffen Klippen der Ungewissheit auf Grund.

Signor giudice, es waren beschissene Momente, und der Computerkompass, der uns den Kurs wies und den wir nach den Trauertagen wieder angeschaltet hatten, tröstete uns nicht, die Möglichkeit, nach Lust und Laune schalten und walten zu können, ohne Angst vor Hinterhalten und Verrat, tröstete uns nicht, und wir lungerten auf den Straßen herum und landeten wie in den glücklichen Zeiten uralter Armut bei den Hintertreppennutten.

Doch nicht einmal beim Ficken konnten wir die Mauer aus Unrast mit unserem brennenden siebten Sinn der Voraussicht einreißen, nicht einmal als uns diese alten Flittchen aus glücklichen Zeiten Sonderpreise machten, drei Ficks zum Preis von einem, nicht um den Markt zu unterlaufen, sondern um uns aufzuheitern.

Wir ließen uns mit der Kutsche herumfahren wie die Touristen, die Zielscheiben unserer jugendlichen Gaunereien, und fotografierten uns Arm in Arm, klamaukige Schnappschüsse in gemächlichem Trab, während die Stadt in demselben Nebel aus Nichts zerging, der uns erblinden ließ.

Wir waren so gelangweilt von unserem Milliardärsleben im Ruhestand, dass wir, um unsere bösen Gedanken zu vertreiben, auf die Schaufenster in der Hauptstraße schossen, aus reinem Vergnügen, den unergründlichen Hochmut der Scheiben in Scherben zu sehen.

Wie kleine Jungs warfen wir mit Steinen nach Straßenlaternen und scheuen Gassenkatzen, wir pöbelten in den Kinos der ausgehfeinen Spießbürger, spuckten in hohem Bogen auf die Sitzreihen der vornehmen Herrschaften, in kindlich verblödeter Verblendung, in schamlosem, grimmigem Schulhofrabatz, der die Carabinieri und Polizisten zum widerwilligen Eingreifen zwang.

Signor giudice, sie steckten uns erst hinter Gitter, als wir an einem Kiosk für geeiste Limonaden ein Mädchen belästigten, schön wie die Nacht, mit kohlschwarzem Haar und aschgrauen Augen, das wir unstatthaft begrapschten, denn sie war die Tochter des Polizeipräsidenten und die Verlobte eines aufstrebenden Polizisten, Signor giudice, der unter der Sonntagsjacke eine noch größere Pistole trug als wir.

Mit den Armen hinter dem Rücken landeten wir im Bau, verschwitzt wie Taschendiebe auf der Flucht. Es war beschämend, Signor giudice, sogar der milchgesichtige Bulle, der uns in den Polizeibus stieß, verlor den Respekt, weil unser Schweiß nach Demütigung stank, nach dem Übelkeit erregenden Muff vom Tuffstein und Schimmel unserer Mietzimmer, in denen wir drei Ficks zum Preis von einem bekamen, und auch wir verloren den Respekt vor uns, Signor giudice, mit den fetten Goldketten, die nichts weiter bedeuteten als die Machtlosigkeit der Macht, mit den auf dem Grund der Säuretonnen zusammengeklaubten Kardinalsringen. Uns überkam die abgrundtiefe Traurigkeit streunender Köter, während wir gewaltsam in die Kommissariatsflure gestoßen wurden und uns die Lust an Rebellion und Frotzelei verging, Signor giudice.

Sie behandelten uns wie erbärmliche Langfinger, weil wir ganz allein und ohne Zutun so tief gesunken waren, auf den Grund dieser Latrine, wo uns zum ersten Mal die trostlose

Gewissheit streifte, wie es wirklich um uns bestellt war, denn wer als Bauer geboren ist, stirbt nicht als Edelmann.

Uns erschöpfte die Müdigkeit der Selbsterkenntnis, während sie im blendenden Takt der Blitzlichter Verbrecherfotos von uns schossen. Das waren tatsächlich wir, diese Kerle mit den struppigen, fettigen Haaren, dem aufgeknöpften Hemd über dem Leck-mich-Tattoo meiner unauslöschlichen Schwermut, aufgedunsen von Alpträumen und versifft von den Säuredämpfen unserer Quacksalberei, das vorspringende Normannenkinn des aasigen Hallodris, mit unseren bei wüsten Raufereien ins Fleisch getriebenen Narben, als wir um Zigaretten bettelten.

Wie traurig war die Traurigkeit, uns einen nach dem anderen in diesen gnadenlosen Verbrecherbildern zu erkennen, in denen wir uns zum ersten Mal in die Augen sahen und uns erkannten, Signor giudice, das waren tatsächlich wir, krank von der unheilbaren Krankheit, unrettbar hier und an keinem anderen Ort der Welt geboren worden zu sein.

Im eisigen Morgengrauen, in dem sie uns aus dem Polizeibus ins Gefängnis brachten, Signor giudice, waren wir den schmuckbehängten Transenzuhältern, den verzweifelten, an den Straßenecken aufgegabelten Drogenabhängigen, den quotenfreien Nutten, die den korrupten Bullen kein Schutzgeld zahlten, und selbst den Geisteskranken, die im Knast landeten, weil im Irrenhaus kein Platz mehr war, so ähnlich, wir fühlten uns so sehr eins mit diesem rettungslosen, in einer einzigen Nacht zusammengeklaubten Abschaum, dass uns die lächerliche Eitelkeit unseres vom nächtlichen Kotzen in der Sicherheitszelle befleckten grauen Nadelstreifenanzugs, unserer im sumpfigen Matsch dieses Knastmorgengrauens ruinierten englischen Budapester noch unerträglicher erschien.

Hie und da vernahmen wir das ferne Echo von Trost, Signor giudice. Jene Tage arkadischen Friedens, jene unbegreiflichen Tage der Ruhe nach dem Sturm waren der Lebenshygiene zuträglich, sofern man sie in den alten Mauern unserer Strafanstalt, unter den vertrauten Zuchthäuslern und friedfertigen Mördern in unseren altbekannten Zellen verbrachte, in denen wir uns mehr zu Hause fühlten als zu Hause, in einem beruhigenden Zwangsritual, bei dem man zu vorgeschriebener Stunde isst und schläft und vor aller Augen scheißt, in einmütiger, instinktiver Solidarität, ohne den Hintergedanken, dran glauben zu müssen, sondern mit der exakten Berechnung, dass jeder getane Gefallen sich auszahlt.

Signor giudice, es war unsere Knastquarantäne vor den Krankheiten der Welt, fernab von dem letzten noch tobenden unvergoltenen Groll, unerreichbar für die gestellten Fallen, während unser nagelneuer Anwalt sich informierte, wie die unerhörten und ungerechten Anklagepunkte gegen uns lauteten, welches die verleumderischen erschwerenden Umstände waren, und sich alle Zeit nahm, die wir ihm zu nehmen befahlen, ehe er einen Antrag auf Haftentlassung stellte. Denn im Gefängnis, Signor giudice, vergehen miese Zeiten viel schneller als draußen.

Wir nahmen unsere alten Bußgewohnheiten wieder auf, erkannten die alten Kameraden wieder, prüften die Fertigkeiten der neuen, grüßten nach altem Brauch den allerhöchsten tausendjährigen Häftling, den man in einer Zelle der verschachtelten Labyrinthe vergessen hatte und der wegen der zu niedrigen Zellendecke buckelig geworden war.

Aus Mitleid hatte man ihm ein Loch in die Decke gehauen, damit er den Kopf in die Zelle darüber strecken konnte, wo er sein Käfigschildkrötendasein damit bestritt, mit den Neuzugängen im höheren Stockwerk wehmütig über die vergessene Freiheit zu plaudern. Er war so alt, dass ihm der Grund für seine Verurteilung entfallen war, und niemand fragte sich mehr, wer er war und was er getan hatte, doch man behielt ihn dort, weil er nicht wusste, wo er sonst hinsollte.

In der Verblödung seines Gefängnisherbstes hatte er die Zeiten seines gesamten in Strafe verbrachten Lebens durcheinandergebracht und fragte die Neuzugänge von der Höhe seiner nutzlosen drei Meter, wie viele Tote es in Caporetto gegeben hätte, da er um einen Cousin bei den Radfahrtruppen bange.

In der langen Zeit der Einsamkeit hatten die Knastkrokodilstränen lange Stalaktiten unter seinen Augen gebildet, die auf die vom schmutzigen Zementboden emporgewachsenen Trauerstalagmiten starrten, und es brauchte Maurerfäustel, um sie wegzuhacken, weil die Ablagerungen seiner Tränen unverwüstlicher waren als Felsgestein.

Von jenseits der Mauern unseres Gefängnisses der Abgeschiedenheit erreichten uns die Stimmen der Verwandten auf Trostbesuch, und obwohl wir sie nicht sahen und Mühe hatten, die Stimmen des Blutes von den fremden zu unterscheiden, webten wir ein dichtmaschiges Netz aus Gesprächsfäden, gebrüllten Mahnungen, dringenden Behördengängen, lästigen Scherereien, einfachen Rezepten aus Wasser und Lorbeer zur sofortigen Heilung, intimen, für unsere nächtlichen Träume gehorteten Versautheiten, den Leiden und Freuden der Wickelkinder in einem lärmenden, vielstimmigen Dialog, in dem wir die ersten stolpernden Schrittchen des einen Kindes mit dem Keuchhusten des anderen verwechselten. Weil sie uns zeigen wollten, wie groß sie geworden waren, hoben sie sie in die Höhe, und wir brüllten ihnen zu, Wie bist du groß geworden, doch nur um ihnen eine Freude zu machen, denn an die Stäbe der Gitterluken geklammert, konnten wir nur die fernen Hügel, die Flachdächer der Neubauten und ein paar verlorene Wolken sehen.

Signor giudice, wir wussten die immer gleiche und gleichbleibend hervorragende reichliche Verpflegung zu schätzen, doch packte uns die Wehmut, als wir die Gerätschaften unseres früheren Chemielabors nicht wiederfanden, weil die Arbeitsstätte in der alten Turnhalle zu einer emsig genutzen Werkstatt für Pappmaché geworden war, in der von morgens bis abends Wasser und Papier gepresst, Ton und Gips geknetet, im bleiernen Klima der Zwangsarbeit mit fröhlichen Aquarellfarben gepinselt wurde, um die Figuren und ländlichen Szenerien gegen Spende für die unglückseligen Häftlingsfamilien auf den Jahrmärkten zu verkaufen. Aus Lust und Langweile nahmen wir uns dieses Geschäfts mit Lämmchen schulternden Hirtenknaben, himmelblau gewandeten Madonnenfiguren mit den blassen Mienen von

Lucia dell'Animamia im Liebestaumel, braun gebrannten Sackpfeifenspielern, Heiligen Drei Königen, dem Jesuskind mit dem Gesichtchen der Erlösung und dem Gekreuzigten mit Märtyrermiene an; der ganzen Krippe lauterer Pappgefühle, die es nie bis auf die Spendenmärkte schaffte, sondern auf dem Weg dorthin von unseren Kollegen in Freiheit mit dem Messer ausgeweidet wurde, damit sie in den Innereien aus Zeitung und Kleister die unumstößlichen Befehle unserer guten Knastregierung fanden, Tut dies und tut das, und unsere Botschaft ging durch die Gedärme des zahmen Ochsen und endete in der Speiseröhre des wohlig warm schnaufenden Esels.

Aus unserem Gefängnis der Buße heraus nahmen wir die alte Macht wieder in die Hand, mit dem Computerkompass, der den Kurs wies, die üblichen Morde, um in Übung zu bleiben, die Lenkung der Welt, während wir friedlich schliefen, Signor giudice, und jeden Morgen machten wir uns feixend auf den Weg zu der riesenhaften Sozialarbeiterin, die haargenau 130 Kilo wog, kein Gramm weniger, Signor giudice.

Zur Schmähung rief sie uns einzeln herein und bedachte jeden von uns mit einem beschwichtigenden Mein-Sohn, und wir flachsten zurück, Dann sind Sie wohl eine Nutte, Signora, denn meine Mutter gebar mich in einem Puff mit Meerblick und gab sich unter den fünf Nuttenmüttern nie zu erkennen, die mir jetzt auf der Tasche liegen und die ich allesamt mit Häftlingsgeschenkpaketen und Fünfzigtausend pro Woche durchfüttere, und meinen Freunden verbiete ich, in den Puff zu gehen, aus Angst, sie könnten meine Mutter ficken. Die in ihren Fleischmantel gehüllte Sozialarbeiterin lachte aus voller Kehle, mit freudigem Jauchzen, das aus ihren freundlich fetten Eingeweiden emporstieg, Signor giudice. Und wir alle verliebten uns in sie.

Seit der Weihnachtswoche waren wir nichts mehr, Signor giudice. Während ich den staunenden Hirten der Knastkrippe mit den Aquarellfarben der Fröhlichkeit anmalte, tauchte ein Carabiniere mit Lederstiefeln, Brille und dem Helm richterlicher Eile in der Zellentür auf und überreichte mir die erste einer endlosen Tortur aus Haftbefehlen in Haft. Anordnungen ohne Zeit- und Sündenerlass, Signor giudice, in denen man mich gemeinsam mit meiner Handlangerbrut eines entsetzlichen Gemetzels ohne Leichen beschuldigte, das die öffentliche Moral des Landes erschütterte und für das es keinerlei Beweise gab außer den Tränen der Angehörigen, man beschuldigte mich, ohne die winzigste Regung von Mitleid um soundso viel Uhr auf diesen und um soundso viel Uhr auf jenen und in der Zeit dazwischen auf einen Dritten geschossen zu haben, Signor giudice, und zu guter Letzt führte man die Lüge an, ich hätte sogar meinem Bruder in den Mund geschossen – mit einer von Gegenprüfungen gespickten Rechthaberei, die mich an die Offenkundigkeit meiner Mordtaten und die nicht zu beweisende Wahrheit nagelte, mein Leben würde sich ausschließlich um das Grauen drehen.

Signor giudice, unser nagelneuer, eilig hinzugezogener Anwalt gestand uns die Anomalie dieser haltlosen Anschuldigungen, die mit solcher Abenteuerlust und solcher Spitzfindigkeit zusammengetragen worden waren, so exakt in der Summe der Ermordeten, dass wir begriffen, dass niemand uns zum Schleuderpreis des Verrats verkauft hatte, denn niemand kannte die genaue Zahl dieses Gemetzels, niemand konnte die schwindelerregende Summe erahnen, die das Getriebe des Grauens auf dem Tachometer der Blutrache angezeigt hatte.

Man informierte uns, dass die Magie der unbestreitbaren Wahrheit, die Stein für Stein zu einem Mosaik aus so unterschiedlichen, kunterbunten Bruchstücken zusammengesetzt war, dass sie vollkommen glaubhaft erschienen, das stille und heimliche Werk eines betagten Staatsanwaltes sei, der nur noch zwischen der Pension und dem Tod hätte wählen müssen, eines Staatsanwalts alter Schule, der sich der Juristerei und dem Sammeln alter Münzen verschrieben hatte, eines Staatsanwalts mit der gleichen schnurbesetzten Robe wie seine Kollegen, Signor giudice, jedoch mit der offenkundig manischen Krankheit, mehr noch als vögeln und lieber als alles andere Staatsanwalt sein zu wollen.

Und obwohl an diesem Heiligabend die guten Wünsche seiner Kollegen eintrafen, die erfreut waren, uns bei guter Gesundheit zu sehen, Die allerherzlichsten Weihnachtswünsche und frohes neues Jahr Ihnen und Ihrer Familie, ich empfehle mich!, und kein einziges Wort der irren Lügen glaubten, die ein geächteter Kollege zusammengetragen hatte, dem man bereits auf hierarchischem und internem

Weg eine eventuelle Unvereinbarkeit mit dem Umfeld zu attestieren und ihn unverzüglich aus den Räumen der Staatsanwaltschaft zu verbannen versuchte, im guten Glauben, dass sich bald alles aufklären würde, hörten wir zum ersten Mal das Geräusch der Gerichtsbarkeit im Humpelgang dieses aus der Stille der Kanzleien durch die von schlafenden Hermelinen gedämpften Flure nahenden Staatsanwalts, dessen schlurfender Hinkeschritt uns unerbittlich bis in unsere Gefängnispritschenträume verfolgte. Und obwohl wir panisch die Flucht ergriffen, kam er immer näher, deutete mit seinem robenbedeckten Arm auf uns und rief uns einen nach dem anderen auf, in seinem Stempelpapier- und Juristenlatein, das uns vor Pluralgenitiven erstarren ließ, und als rechtskräftig Verurteilte schreckten wir aus dem Schlaf. Mit der Neuigkeit, Signor giudice, dass man uns, die gesamte Freundesbande, des Nachts, als wir unsere Alpträume schliefen, in einen anderen, nicht wiederzuerkennenden Trakt des Gefängnisses verlegt hatte: weiß getüncht wie ein Krankenhaus, still wie eine Leichenhalle und niemand dort außer uns, mit fließend Wasser und Kameras in jeder Zelle, so dass wir uns keinen wedeln und dabei an Lucia dell'Animamia denken konnten, weil wir wussten, dass der Wärter sich in die Hosen machte vor Lachen und seine Kollegen zusammenrief, schaut euch diesen Schweinepriester an, der sich einen runterholt und dabei an Lucia dell'Animamia denkt.

Unsere Gefängniswärter kontrollierten uns mit so heldenhafter und zermürbender Vehemenz, dass sie einem beinahe leidtaten, Signor giudice, und wir ihnen bei der Kontrolle halfen, mit den Filzstiften, die man uns dagelassen hatte, falls wir ein Geständnis machen wollten, auf ein Blatt Papier schrieben: Wärter, ich schlafe, und wir schliefen wirklich; Wärter, ich kacke, und wir schissen wirklich in dieses Feine-Pinkel-Töpfchen und hielten die Kackwürste so dicht vor die Kamera, dass man sie auf dem Kontrollbildschirm riechen konnte.

Signor giudice, wir konnten nicht fassen, wie sich die Welt veränderte, ohne uns um Erlaubnis zu fragen, wie sich die Maßstäbe der ewig gleichen Justiz schleichend veränderten, die erst jetzt unsere Untaten und blutigen Schelmenstreiche bemerkte, nachdem sie Hiroshima und Nagasaki, die Amerikaner in all ihren Facetten, ohne mit der Wimper zu zucken, hingenommen hatte, nachdem sie Auschwitz und die palästinensische Diaspora hingenommen hatte, nach Wall Street, der Abtreibung und der eingeschränkten Souveränität, nachdem sie hingenommen hatte, dass es auf der Welt vier Jahreszeiten gibt, obwohl wir höchstens zwei haben. Sie hatten die Justiz auf doppelte Geschwindigkeit gebracht und konnten uns nicht als Fußnote der Geschichte betrachten. Zum Henker damit, auch wir verändern den friedlichen Gang der Dinge im Kleinen, Signor giudice, und wollen uns nicht mit dem Trostpflaster begnügen, als schlichte Eiszeit in die Grundschulbücher einzugehen, als kleine Cholerakrise im Evolutionszyklus oder als verirrter Sinn des hegelschen Dreischritts, denn, Signor giudice, auch wir beherrschen die Schnöselsprache der Gewählten, ein Anruf genügt, und der führende Intellektuelle, der Chefredakteur der Zeitung, der Uniprofessor, selbst der Kulturbeauftragte der Oppositionspartei, sämtliche Rekruten und Gehaltsempfänger für kulturelles Allerlei stehen Gewehr bei Fuß und verwenden ihren Grips, wie wir es von ihnen verlangen, Signor giudice. In diesem stürmischen Meer, in dem wir alle eins sind und einer so gut ist wie der andere, begannen wir, die karstigen Strömungen der Ermittlungen wieder hinaufzuschwimmen, entdeckten den cleveren Faden, der uns an den Pranger band, stießen auf den ahnungslosen Carabiniere der ersten Untersuchungen, den wir mit Maschinengewehrsaven kaltmachten, als er an der Seite seiner Frau und mit der Schwiegermutter am Arm aus dem Kino kam, auf den Polizisten der ersten Beschattungen, den wir mit seiner schwangeren Frau in einem noch nicht fertiggestellten Häuschen am Meer kaltmachten, auf den Inspektor, der die Fallakte zur Hand nahm, um zu prüfen, ob man mit den Ermittlungen fortfahren sollte, und den wir mit einem einzigen Kopfschuss töteten, um ihm klarzumachen, dass man es nicht sollte, auf den Vizepolizeidirektor, der mit selbiger Akte die Straße überquerte, um sie Ihnen zu bringen, Signor giudice, und den Fehler beging, in einer Bar haltzumachen und einen Kaffee zu schlürfen, wo wir ihm mit einer Sieben-Fünfundsechziger ins Hirn drangen und es in dem ewigen Zweifel platzen ließen, ob die Bohnenmischung kolumbianisch oder ein ungenießbares Gesöff aus Brasilien war. Und schließlich auf Sie, Signor giudice, der Sie mit dieser Akte humpelbeinig in Ihr Auto stiegen, während die Welt unter der bewaffneten Bedrohung Ihres Begleitschutzes stillstand und der Portier Ihnen nachlief, um Sie an eine letzte Sache zu erinnern, die er im jähen Gleißen der tragischen Explosion, die ihn mit einem Wimpernschlag aus der Welt riss, vergaß. Signor giudice, es war eine Autobombe. Das Land sei versteinert und fassungslos, hieß es in den Fernsehnachrichten, doch im Gegenteil drehte sich die Welt besser denn je, denn wir hatten diese Männer einen nach dem anderen oder bündelweise ausgelöscht und nicht nur die uns belastenden, gerichtlich gestempelten Ermittlungsunterlagen vernichtet, sondern die gesamte Erzählung der laufenden Anklagen, im Computer findet sich nichts, Signor giudice, und ohne weitere Prüfungen stellte man uns allen den Entlassungsschein aus, erneuerte uns auf dem Polizeipräsidium den Pass und wünschte uns eine gute Reise. Grazie.

Wir waren nichts mehr, Signor giudice, obwohl die beweglichen Fristen der Untersuchungshaft abgelaufen waren, und sosehr sie sich auch mit versteckten Nachträgen und Eilerlässen bemühten, war es die Unumstößlichkeit ihrer Gesetzesfloskeln, die uns aus dem Tor der friedvollen Anstalt unserer Buße schob und uns wieder dem Spiel der überwachten Freiheit überließ.

Wir kehrten zu unseren gewohnten Geschäften zurück, brachten die unterbrochene Blutrache zu Ende, nahmen den Webfaden der Weltmacht wieder auf, mit der einzigen lästigen Unterbrechung, dass ich, Entschuldigt, es ist sieben Uhr, meine dreizehn Hinterhaltkumpane kurz alleinließ, zur Unterschrift aufs Polizeipräsidium rannte und danach dort weitermachte, wo ich aufgehört hatte.

Selbst die polizeibehördlichen Lästigkeiten wurden uns am Ende nützlich. Signor commissario, dieser maskierte Räuber, der ohne Blutvergießen und unter Beihilfe des Wachpersonals die Schließfächer der Banca del Commercio ausgeräumt hat, kann unmöglich ich gewesen sein, um diese Uhrzeit musste ich meine Unterschrift leisten, und mit der Übermacht der Grausamkeit und den Feinheiten der Korruption stellten wir die unerbittlich vergehende Zeit auf den Kopf. Und mit Erpressung, Signor giudice, denn in den Schließfächern der Bank versteckte die Stadt ihre ungerächten Leichen, ihre erbärmlichen, krämerischen Betrügereien, den armseligen Nießbrauch der Erzbischöfe am Eigentum der verblödeten Reichen mit Einverständnis der Familien, dort versteckten sich der Judasverrat der Verwaltungsräte für dreißig Silberlinge, die indirekte Rache der Söhne an den Vätern, die Lügen der untröstlichen Witwen, die sich am uralten Zorn erlittener Ehen in der Heimlichkeit ihrer Tresorfächer labten, der Wahnsinn der Familien mit gutem Namen, die die Erblast der Syphilis weitergaben, der dumpfe, madige Groll, der, genährt vom stinkenden Odem der Stadt, im heimlichen Dunkel dieser Bank röchelte und in die Fundamente dieser Hauptstadt der toten Wasser einsickerte und sie im Treibsand ihres Elends versinken ließ, ohne jemals zu ertrinken.

Wir fingen an, uns von dieser Fäulnis zu ernähren, verwandelten den Sündenfall der Plappermäuler, die schäbige Trostlosigkeit ihrer Heimlichkeiten, denen nicht einmal der Duft der Sünde, sondern einzig die ätzende Arroganz des alten Wirtschaftsadels anhaftete, der noch immer seine ausgestopften Geheimnisse und überlebten Schändlichkeiten hortete, in Gold. Sie begriffen nicht, dass sie bereits begraben waren, nur wir mit unserem Elefantengedächtnis erinnerten uns, dass sie noch lebten.

Niemand von ihnen wagte es je, unsere Erpressungen anzuzeigen, aus Furcht, die Leichen könnten aus dem Keller entkommen und die ganze Wahrheit erzählen, Signor giudice, nichts als die Wahrheit. Sie verstanden nicht, dass sie ein unnötig hohes Lösegeld zahlten und diese Leichen bereits seit Ewigkeiten zu Staub zerfallen waren.

Der Zaster kam auch aus ganz unerwarteten Quellen, Signor giudice, mit der Verlässlichkeit eines Bankhauses und der Üppigkeit eines geschmückten Weihnachtsbaumes, und der leuchtende Computerkompass wies uns den Kurs. Wir konnten die ärgerliche Gleichgültigkeit der Händler nicht hinnehmen, die sich weigerten, die Abgabe für ihre Daseinsberechtigung zu leisten, und sich sträubten, Zeit schindeten, mit verschlagenen Marktschreiertricks um den Preis feilschten. Wir übten uns in Geduld, Signor giudice, und warteten, bis ihre weinerliche Novene, Es sind harte Zeiten, Ihr verlangt zu viel, Ich tue, was ich kann, Ich habe noch Außenstände bei den Lieferanten, ein Ende fand. Signor giudice, was kümmerten uns ihre geschäftlichen Schwulitäten, sie mussten den Anteil ihrer Knechtschaft zahlen, nicht nur des Zasters wegen, sondern weil wir es waren, die ihre Einkünfte regelten, sie begünstigten oder bestraften, den einen groß werden ließen, weil wir den anderen ins Pech stürzten, getreu den Gesetzen, denen auch wir auf dem Olymp der Gesetzlosen gehorchen mussten, Signor giudice.

Wir ließen sie heulen wie Kinder, die ihre mit Notlügen gespickten Ausreden stammelten, wir ließen sie ihre bitteren Tränen der nicht eingelösten Schecks und erlittenen Pleiten, der Banken mit abgedrehtem Kredithahn weinen und kehrten mit dem unbeschwerten Schritt eines Menschen zurück, der keine Eile hat und die anderen dazu antreibt. Wir weckten sie nachts mit schweigenden Telefonaten, die vielsagender waren als Worte, verriegelten die Vorhängeschlösser ihrer Geschäfte auf ewig mit dem unlöslichen Kleister unserer Erpressung, und machten mit eingeworfenen Scheiben weiter, mit Benzinkanistern vor den Rollläden, zuerst als Warnung und dann entflammt, um ihre Geschäfte niederzubrennen, hinterließen in der Asche unseren symbolischen Abdruck, opferten ein paar Ladungen Sprengstoff zur fulminanten und restlosen Überzeugung. Man einigte sich auf die wöchentliche Summe ihres ewigen Tributs, der genau wie Kleingeld und Schuldscheine vom Sohn an den Enkel vererbt werden würde, bis es in ihre DNA übergegangen wäre, unter der Rubrik Ausgaben unseren Anteil auf die Seite zu schieben, als wären wir Lieferanten, der Stromanbieter, die Vermögenssteuer.

Und mit der Natürlichkeit einer Naturkatastrophe zahlten sie ergeben den bis in alle Ewigkeit ihrer irdischen Existenz vereinbarten Preis.

Signor giudice, wer in der Welt herumgekommen war, erzählte uns das eigennützige Märchen, woanders zahle man weniger, die Dienstleistung des gewährten Daseins sei besser. Signor giudice, wir kannten die internationalen Tarife für Erpressung und Schutzgeld haargenau, weil wir indirekt selbst dafür zuständig waren.

Wir kannten die gerechte Preisgerechtigkeit, nach der jeder mit der unfehlbaren Genauigkeit der eigenen Registrierkasse für das zahlt, was er verdient, wir kannten die legalen und die schwarzen Einnahmen und Gewinne jedes Einzelnen besser als irgendjemand sonst, sogar besser als sie selbst, Signor giudice, weil wir über sämtliche Mittel einschließlich der offiziellen verfügten, seit ihr uns mit dem Einzug der staatlichen Steuern betraut hattet – und der uns verbleibende Anteil war so riesig wie nirgendwo sonst auf der Welt, riesiger noch als zu Kaisers Zeiten, als uns die Verwaltung der Lehnsabgaben samt Lehnsgebern, Lehnsherren und Lehnsleuten unterstand und wir, genau wie heute, Signor giudice, das Jus primae Noctis und das Recht auf Leben und Tod unserer Untergebenen besaßen. Und wir übten es mit der Gnadenlosigkeit des Gerichtsvollziehers aus, sobald ein von allen guten Geistern verlassener Händler anfing, der gleichgültigen Welt das Märchen zu erzählen, wir würden ihn drangsalieren, Signor giudice, wir würden ihn mit unseren feudalen Forderungen bis aufs Hemd ausziehen, und sich in seinem Wahnsinn über die verborgenen Mechanismen unserer Abgaben und das Entgegenkommen der Banken auszulassen, die wissen, wer das Sagen hat.

Einer dieser Händler hatte keine Skrupel, uns mit geistesgestörtem Blick beim Vor- und Nachnamen zu nennen, uns durch den Dreck zu ziehen, was wir ihm weniger um unserer selbst als um unserer Familien willen übelnahmen, Signor giudice. Bis uns sogar die Wucherbanken um den Gefallen baten, diesen Kerl doch bitte umzubringen, der unsere Tresorgeheimnisse ausposaunte, auch wenn niemand diesem armen Irren zuhörte, weil alle wussten, dass er die Wahrheit sagte, und niemand bedachte ihn mit einem tröstlichen Klaps auf die Schulter oder mit einem Geh-scheißen, denn wir hatten die Vollmacht der Justiz, dem Übel seines Wahnsinns ein Ende zu bereiten und den geschäftsfördernden

Frieden wiederherzustellen, indem wir ihn auf der Straße erschossen und ihm die irren Augen im eigenen Blut aus den Höhlen quellen ließen, wie auf den unzumutbaren Fotos zu sehen war, die in den Zeitungsredaktionen eintrafen und im Archiv der zu vergessenden Erinnerungen landeten.

Aus dem Dunkel der Erinnerung, Signor giudice, kehrte auf den Routen eines anderen Kontinents ein altes Mitglied der Vereinigung zurück, zurückgelockt ins Heimatland, weil ihn ein Gehirntumor einen langsamen, wiewohl weniger grausamen Tod sterben ließ als die Wehmut, sich nicht ein letztes Mal in den Morgendämmer seines Glücks als Auslandsvertreter der Vereinigung zurückzuträumen, nachdem er mit nichts als seinen Lumpen am Leib und der atavistischen Angst, ermordet zu werden, aufgebrochen war, ohne gesehen zu haben, was auf der anderen Seite des Meeres wartete.

Er war so uralt, dass man, als wir ihn am Hafen empfingen und ihm helfend unter die Arme griffen, seinem Gesicht, das unserem glich, jedoch verzerrt war durch die Spiegel seiner anderen, fernen Lebensgeschichte, die prähistorischen Narben einer Zeit ansah, in der man allein über das Meer fuhr und nach zwei stürmischen Wochen auf der Quarantäneinsel landete, in dem Land, das ihn reich werden ließ, jedoch nicht wie uns, Signor giudice, weil Geld ihn befangen machte und er weder lesen noch schreiben, sondern nur Zeichen in die Wände kratzen konnte und einen ausgestorbenen Urzeitdialekt sprach, so dass wir ihn baten, Bitte, Don Vito, sprechen Sie in Ihrer Auswanderersprache aus dem Schlaraffenland, dann verstehen wir Sie besser. Und seine Tränen trieften vor Wehmut, so dass wir nicht wussten, wie wir sie stillen sollten, denn, Signor giudice, er bat uns um Festtagssüßigkeiten, die niemand von uns je gegessen und geheiligt hatte, weil sie älter waren als das Brot selbst, und er entwürdigte sich in diesem Steinzeitidiom, das nichts mehr bedeutete. Um ihm eine Freude zu machen, staunten wir über seine Geschichten und dass man jenseits des Meeres bewegliche Dampfmaschinen erfunden hatte, dass die Frauen aus anderem Holz geschnitzt sind und Eier haben wie die Kerle, Popcorn und heiße Hunde essen, eine Sprache aus Ypsilons, doppelten Us und den Xen unserer Unentschiedenheit auf den Tippscheinen sprechen, und wenn man nach dem Himmel sucht, findet man ihn nicht mehr, weil sie ihn abgebaut und höher wieder aufgehängt hatten, um Platz für die Köpfe der Wolkenkratzer zu schaffen, die sonst nicht reingepasst hätten. Sogar die Uhren zeigen eine andere Zeit an als hier.

Um ihn von der fixen Idee seines Tumors abzulenken, ritten wir auf Eseln spazieren, wie wir es nie getan hatten, Signor giudice, wir rutschten halb hinunter und brachen uns fast den Hals, während er in die Hände klatschte, weil wir ihn in seiner Erinnerungsahnung glücklich machten.

Wir hielten die modernen Städte vor ihm verborgen, die aussahen wie die, aus denen er kam, und führten ein Gaukeltheater mit Schiebermützen und Klappmessern auf, die wir nie benutzt hatten, weil wir bereits im Zeitalter des

Schießpulvers geboren waren. Er lächelte über diese allenfalls lausige Scharade, Signor giudice, und war noch älter als die Zeit selbst, denn er erinnerte sich an seine Insel, auf der die Vulkane aus ihrem Magen glühendes Feuer spuckten, und wir führten ihn hinters Licht, weil die Erde inzwischen erkaltet war, zeigten auf den Hügel hinter dem Haus, Da ist der Vulkan, und entzündeten ein Feuer aus Kartons und Obstkisten, um die Eruption vorzutäuschen, und riefen Kabumm, um die prähistorischen Explosionen zu imitieren. Und er war so blind und taub im Dunkel seiner Wehmut, dass er sich mit diesem Schauspiel zufriedengab.

Signor giudice, wir setzten ihn auf den Überseedampfer seiner Erinnerungen und schickten ihn nach Hause zurück, ein letztes Mal glücklich, seine Heimat so wiedergefunden zu haben, wie sie immer gewesen war, ein Scheißland, Signor giudice, mit den gleichen Schlammfluten, der gleichen Dürre und der gleichen unbändigen Dringlichkeit, über die Grenzen des Meeres zu fliehen, weil auf jenem Kontinent seines Erwachsenenglücks ganz sicher Gott geboren worden war.

Wir waren nichts mehr, Signor giudice, obwohl ein Genie für uns arbeitete, der Schöpfer unserer Todeswerkzeuge. Er war es, der die Pistolen, Gewehre, abgesägten Flinten und sämtliche Waffen unserer täglichen Verbrechen herstellte. Er kam aus dem Libanon, Signor giudice, wo er in längst vergessenen Kriegen gelernt hatte, Garnisonen amerikanischer Soldaten mit der perfekten Mischung seiner Sprengstoffe in die Luft zu jagen.

Die Wege seiner tödlichen Geschäfte hatten ihn hierher zu uns geführt, wo er Laborwerkstätten für Präzisionsarbeiten mit Drehbänken, Lehren und Bohrern eingerichtet hatte, in denen er unsere Waffen sämtlicher traditioneller Bauarten herstellte, aber auch Instrumente, um den Tod in weniger üblichen Formen herbeizuführen, mit einem Sinn für Originalität und einer technischen Beschlagenheit aus anderen Zeiten.

Signor giudice, dieser Libanese beherrschte das Handwerk der Grablegung wie niemand sonst, und er besaß Sammlungen historischer Maschinengewehre, ganze Wände voller Pistolen aller Kaliber, und hinter der Tür eines Geheimzimmers versteckte er sein Labor, wo er einen Kugelschreiber erfand, der dich, während du schreibst, mit einer Tintenpatrone kaltmacht, in einem Todeskampf, der nur so lang dauert, wie die Unterschrift zu setzen, oder Krücken für humpelnde Lahme, die dich zwischen einem schleppenden Schritt und dem nächsten mit einer Salve töten, oder die Blume im Knopfloch, die einem, statt wie beim Karnevalsscherz Wasser zu verspritzen, das Gesicht mit Salzsäure ewiger Verunstaltungen zerfrisst, oder das Messer, um Kehlen aufzuschlitzen, so scharf und spitz, das man es nur aufblitzen sieht. Er erfand die Sprengstoffmischungen für einen blendenden Tod mit einem Feingefühl für die explosiven Zutaten, dass er eine ganze Stadt in die Luft jagen konnte, ohne dass die Umgebung irgendetwas abbekam, und zugleich wusste er die Mengen von TNT und Plastik so genau zu dosieren, dass einem nur der Kopf wegflog und der gestärkte Hemdkragen sauber und unversehrt blieb.

Signor giudice, er war ein Meister, und so nannten wir ihn auch, wenn wir auf unseren Mitgliederversammlungen rumpimmelten und er uralte, unbekannte Lieder anstimmte, die von Maria la O erzählten, und Wie schön sind alle Mamas auf der Welt und Dreh bitte dein Radio leiser, und dazu ließ er seinen Fez des dienstreisenden Libanesen im Takt wippen.

Er kannte sich mit TNT und Detonationen genauso gut aus wie in Liebesdingen, Signor giudice, und brachte uns bei, dass man die Hurenbockvögeleien mit den Nutten unserer außerehelichen Gelüste verlängern konnte, indem man Koks auf dem Schwanz verteilte, Signor giudice, das kann ich Ihnen nur empfehlen, er stellt sich auf und wird nicht mehr schlaff, nicht mal in Ihren deprimierendsten Alpträumen meuchlerischen Todes, Signor giudice.

So lebten wir, seit wir nichts mehr waren, mit getricksten Liebschaften und von der Trance des weißen Pulvers verquollenen Augen, das uns wach hielt wie starker Kaffee, aber fröhlich stimmte, weil es den Stein, der uns auf dem Herzen lag, ein wenig leichter machte, Signor giudice.

Er war auch ein Experte für Astronomie und beobachtete die Sterne aus reiner Freude an der Unendlichkeit mit dem Fernrohr seiner mörderischen Präzisionsgewehre, und er hatte zweifelsfrei herausgefunden, dass die Männer auf dem Mars ausgestorben waren und wunderschöne Witwen zurückgelassen hatten, deren Haar von selbst leuchtete. Er ließ uns an seinen schwelgerischen, heißhungrigen, vom Wunder seines Schwanzpülverchens übersteigerten Fantasieficks teilhaben.

Und wir, die wir nicht über unser Blickfeld hinaussahen, in dem der Vollmond die Sterne verdunkelte und uns zwang, unsere nächtlichen Schmuggeleien von einem Schiff auf das nächste zu verschieben, stierten ohne Fantasie oder Wissenschaft in den Himmel.

Unser genialer Libanese enthüllte uns die Wahrheit, dass die Welt keine Scheibe war, wie wir in unglückseliger Unkenntnis der Tatsachen glaubten, sondern rund und an den Polen ein wenig zusammengedrückt, verdammt, und dass nicht die Sonne um die Erde kreise, sondern genau umgekehrt, verdammt, uns blieb die Spucke weg vor Verblüffung ob dieser kopernikanischen Revolution, die uns unseres vertrauten Universums beraubte.

Während er uns die Harmonie des Kosmos erklärte, das Ballett der Sterne und Planeten, ging uns auf, dass unsere Macht auf der komprimierten Leere des Unendlichen fußte, verdammt, und all die Plackerei, das mühselige Abschlachten, das Kopfzerbrechen über Kosten und Nutzen des nächsten Blutbades auf nichts anderes hinausliefen als auf den sich immer gleich wiederholenden elliptischen Verlauf einer Bahn aus dreihundertfünfundsechzig Tagen, Schaltjahre ausgenommen, bei einer Geschwindigkeit von rund fünfhundert Kilometern pro Sekunde, Signor giudice. Wir wurden ganz mutlos bei dem Gedanken, dass wir trotz allem immer wieder an denselben Punkt zurückkehren würden, und es war nichts zu machen, weder mit den abgesägten Flinten noch mit dem TNT der herrlichen Explosionen, kein Mord hätte dem Ritual dieses Prozesses aus bereits geschriebenen und für rechtskräftig erklärten Verurteilungen ein Ende gemacht.

Signor giudice, auch Temporale hatte Koks geschnupft, und der Schimpfname des Unwetters bezieht sich nicht auf seine verheerenden Taten, sondern auf die Schmutzigkeit seiner unrühmlichen Person, einer treulosen, stinkenden Bestie, die mit der Waffe in der Hand geschnappt wurde, als er ein ehemaliges Mitglied in einer Telefonzelle mit Revolverkugeln durchsiebte. Während eines Telefonats, um Gnade zu erflehen. Er wurde geschnappt, als er die Waffe nachlud, um ihn ein zweites Mal umzubringen, er wurde geschnappt und in Handschellen abgeführt, obwohl er behauptete, er sei noch nicht fertig, und in unserem Gefängnis der Buße in eine Sicherheitszelle gesteckt, wo er sich beim ersten Verhör auf den Boden warf und ein unverständliches Irrengebet brüllte, blutige Spucke sabberte und sich, den zuvor gegebenen Ratschlägen unseres nagelneuen Anwalts folgend, in die Hosen pisste.

In erhellenden Gegenüberstellungen, die sich ebenso überstürzten wie die Erfolge, wurde er identifiziert von der Frau des Mannes, den er auf der Autobahn kaltgemacht hatte, weil der es gewagt hatte, ihn zu überholen, vom Parfümerieverkäufer, der den Mord am Besitzer mitangesehen hatte, weil der ihm ein falsches Schuppenshampoo verkauft hatte, vom Kinokartenverkäufer, der ihn als Mörder des Platzanweisers erkannte, weil der ihm einen unerwünschten Sitz zugewiesen hatte, und von der eigenen Mutter, die sagte, das ist der Hurensohn, dieser von mir und seinem Vater mit Gottes Zutun gemachte Fehler, der ihn auf der Welt haben wollte, als Meuchelmörder überführt, Signor giudice.

Es waren so viele Indizien, Augenzeugenberichte und aus den frischen Särgen geholte Leichen, die ihn als Mörder auswiesen, dass man nicht umhinkam, ihm im großen Gerichtssaal den Prozess zu machen, mit dem bei verhandelten Bluttaten üblichen zahlreichen Publikum, dem gebannten Warten auf saftige Details und markerschütternde Geständnisse, Signor giudice.

Doch die Verhandlung wurde vertagt, weil der Angeklagte verbogene Gabeln aus der Knastkantine geschluckt hat, Signor giudice, er wurde notoperiert, um das unverdauliche Metall mit dem Wappen der bourbonischen Einrichtung aus ihm herauszuholen.

Trotz der erfolgreichen Operation konnte man ihn ein ganzes Jahr lang nicht vor Gericht bringen, Signor giudice, weil der Angeklagte entweder die vom Wärter abgepressten Zellenschlüssel verschlang und man ihn nicht aus seiner Zelle holen und in den OP bringen konnte – Signor giudice, die Schlosser mussten mit dem Schweißbrenner kommen – oder die Messingknäufe der Flurfenster hinunterschluckte, in metallhungrigen Fressattacken, die die Strafbehörden zwangen, einen neuen Gefängnistrakt zu bauen, in dem er nichts verschlingen konnte außer sich selbst.

Und das tat er, Signor giudice, aß zuerst seine rechte und dann seine linke Hand und fraß in seiner unersättlichen und unglaublichen Gier sogar einen Fuß an, ehe die Wärter eingriffen. Erst da gelang es ihnen, ihn in den Hühnerkäfig im Gerichtssaal zu zerren, und während er der endlosen Liste der Anklagen lauschte, führte er mit seinen geschickten Armstümpfen die aus einem Hähnchenknochen geschnitzte Nadel mit dem aus seiner Gefängniskluft gezogenen Kreuzstichfaden und nähte sich damit den Mund zu.

Das waren keine Ausgeburten seines Wahnsinns, Signor giudice, sondern die unmissverständliche Botschaft an uns, die ihn aus dem Publikum beobachteten, dass er nicht reden würde. Niemals, selbst wenn er gewollt hätte, Signor giudice.

Wir waren nichts mehr. Seit wir damit beschäftigt waren, die gegen unseren Willen von Mal zu Mal gestörtere Ordnung der Dinge wiederherzustellen, und die Justiz ihre Verfahren anstrengte, deren Ungeheuerlichkeit weniger in den tatsächlichen Straftaten lag, die sehr viel verbrecherischer waren als in den Akten, sondern in der Vergeblichkeit der Anschuldigungen, die uns schuldig sahen, obwohl wir lediglich von unserer Befugnis Gebrauch gemacht hatten, die der Rechtsprechung längst vergessener Monarchen entsprach, aber deshalb nicht weniger wirksam war.

Signor giudice, wir erfüllten die Pflicht der Macht. Häufig war es nur die auf uns lastende Verantwortung, das Weltunternehmen zu führen, damit es unter den Schlägen der Misserfolge nicht zusammenbrach, und wir konnten uns nicht der Ausrede des Wettbewerbsdrucks bedienen oder uns auf die Krücken der öffentlichen Anteilnahme ohne Rückerstattung stützen. Die ganze Welt lastete auf unseren Schultern, mit dem Gewicht der vierzig Mitgliederfamilien, der Arbeiter ohne Streikrecht und ihrer hungrigen Sippen, der perspektivlosen Wirtschaft, die ohne amtliche Unterstützung für euer Glück verantwortlich war. Und ihr beschuldigt uns, irgendeinen Carabiniere in irgendeinem Bergkaff ermordet zu haben, dabei verhandelten wir das Überleben der Insel mit ihren Gerichtshäusern, ihren Sicherheitskräften und allem, was offiziell oder verborgen auf ihr existierte, und spielten mit den Händlern des Universums Schach. Und ihr gingt uns mit schikanösen Frechheiten auf den Sack, Signor giudice.

In euren zu unserer Verurteilung auf Hochglanz gebrachten Schwurgerichten ließen wir zuerst den Skandal des korrupten Präsidenten, dann das knappe Telegramm des schwerkranken und am stellvertretenden Vorsitz verhinderten Beisitzers stop, dann die Ablehnung sämtlicher zu unserer Verurteilung berufener Mitglieder des Schöffengerichtes platzen.

Mit den üblichen gesetzeskonformen Ausreden zogen sie sich zurück, weil wir ihnen Fotos ihrer am Schultor geopferten Kinder, ihrer wehrlosen Väter im Altenheim hatten zukommen lassen, Fotos ihrer Lieben in den Augenblicken, in denen sie im Heiligenschein ihrer Unschuld am verletzlichsten waren, Signor giudice. Wer sich wehrte und seinem Wunsch nach unwahrscheinlicher Gerechtigkeit sogar die väterliche Zuneigung opferte, erhielt von uns das elegant verschnürte Päckchen mit einer einzigen Kugel und einem Kärtchen, auf dem wir uns dafür entschuldigten, ihm nicht die liefern zu können, die ihn umbringen würde, weil sie bereits im Pistolenlauf seines Mörders steckte.

Die Verfahren wurden vertagt, Signor giudice, für die bescheidene Investition in ein bisschen fotografisches Material und die Beisetzung des Fotografen in kleinem Kreis.

Doch inzwischen war unser nagelneuer Anwalt auch in Aufhebungsanträgen aufgrund formaler Fehler recht gewieft, deren Anfechtung ihr großzügig empfahl, weshalb es zu dem unverhofften Spaß unserer prompten Entlassung auf Geheiß des Kassationsgerichts kam, an das wir uns gewandt hatten, weil der Atem Ihres Kollegen, der mich verhört hatte, Signor giudice, nach Knoblauchfrikadellen mit leichtem Einschüchterungsaroma stank.

So sollte die Welt laufen, Signor giudice, oder unter dem Eigengewicht ihrer Größe zusammenbrechen. Wir regierten diese Welt, nicht mit bürokratischer Abgehobenheit, sondern mit herrischer Anteilnahme. Versammelt um die große gedeckte Tafel, an der wir zarte Hammelkoteletts verdrückten und uns zwischendurch die Zeit mit Tontaubenschießen vertrieben, an der Seite des Präfekten, der mit seiner Frau zu Besuch kam, eingehakt beim Bürgermeister, dessen Wahl wir selbst beschlossen hatten, auf den kleinen Orangenblütenalleen der Vorortvillen, wo wir dem Papagei unter den Mandarinenbäumen in aller Ruhe das Wasser wechselten und nach den Regeln des gesunden Menschenverstandes und des Rechenschiebers für jeden das Richtige entschieden, die Familien der Mitglieder in schwierigem Fahrwasser mit Geld und diejenigen, die gegen die Moral verstießen, mit Blei zum vollen Preis bedachten.

Wie den Priester des Hauptfriedhofes unserer Untergrundmessen, der das heilige Ritual mit den Nutten zelebrierte, die ihn zur nächtlichen Sause in der Sakristei erwarteten. Gott zu betrügen heißt, uns zu betrügen, Signor giudice. Wir mussten diesen Priester umbringen, denn unsere moralischen Gesetze sind umfassender und strenger als die wirtschaftlichen, und wir konnten es nicht dulden, dass die Eckpfeiler der äußerlichen Manifestationen unserer Macht in all ihren Facetten ins Wanken gerieten.

Diese Abmurkserei, die der gotteslästerlichen Schande auf geheiligtem Boden ein Ende bereiten sollte, wurde dem Einzigen von uns anvertraut, der, einer einstigen Berufung folgend, das Priesterseminar besucht hatte und über theologisches Wissen mit besonderem Schwerpunkt auf den Mysterien verfügte.

Er zielte hinter dem Altar hervor wie die Hand Gottes, und schoss ihm genau zwischen die Augen. Nach dem Segen und dem Gehet-in-Frieden stürzte der Priester tot nieder und riss die geweihten Hostien und den Kelch mit dem Wein seiner letzten Messe mit sich zu Boden.

Als Killer war er der erbarmungsloseste und in der Kunst meisterlicher Abmurkserei der Beste. Beidhändig mit seinen Achtunddreißigern bewaffnet, konnte er sein Ziel aus einem blitzschnell herannahenden Boliden treffen, der aus dem Nichts hervorschoss und seinem Opfer den Atem raubte. Er hielt das Lenkrad mit den Füßen, traf ins Schwarze, schoss, tief in den Sitz gelehnt, nach vorn und nach hinten, erfasste sein Ziel mit zusammengekniffenem Auge im Rückspiegel und nahm es in einem Feuerwerk mörderischer Akrobatik mit der Zunge als Sucher aufs Korn.

Obwohl er von Eltern auf Wanderschaft in einer Höhle zur Welt gekommen war, hielten wir und die ganze Welt ihn in einer Hand, liebten und fürchteten ihn ob seiner akrobatischen Unfehlbarkeit, wegen seiner Aura des Auserwählten, denn er war in der Nacht des 24. Dezember geboren, blond und dürr wie Christus auf den Heiligenbildern der Gemeinde. Doch konnte er seinen Opfern mit der Nagelzange das zuckende Herz aus dem Brustkorb graben und es auf gut Glück hinter sich werfen, um zu sehen, wer es auffing. Er war der Schöpfer des grausamen Mordes, der den Kopf eines Handlangers, der sich über seine Belohnung für einen Milliardenraub beim Hauptpostamt ausließ, mit dem Sachverstand des Todes abtrennte. Diesen Kopf, Signor giudice, ließ er Sie auf dem Rücksitz eines zur Stoßzeit mitten im Verkehr stehen gelassenen Autos finden und den Körper daneben, mit wartend verschränkten Armen.

Signor giudice, er tötete das Kind, das ihm ins Gesicht gesehen hatte, als er den Sekretär der Diebespartei umbrachte und wir uns keine Gegenüberstellungen leisten konnten, weil wir seiner kindlichen Arglosigkeit misstrauten.

Er tötete es am Schultor, während es den endlosen Kinderreim vom kleinen, dummen, runden König vor sich hin sagte, der eine kleine, dumme, runde Tochter hatte, die einen kleinen, dummen, runden Vogel hatte, er tötete es in seinen neuen Schühchen, die ihm die Mutter zugebunden hatte, zerfetzte ihm das mit den Zärtlichkeiten des guten Morgens gestriegelte Gesichtchen, weil noch keine kindertauglichen Munitionsgrößen erfunden waren, er tötete es in seinem kleinen Sonntagsanzug mit den gekürzten Kniehosen, damit er eine gute Figur machte, wenn er das Ständchen mit Alles Gute zum Geburtstag, Frau Lehrerin, aufsagte, das er im Singsang vor sich hin murmelte, als plötzlich dieser mörderische Weltuntergangs-Jesus vor ihm stand, der ihn festhalten musste, um auf ihn zu zielen, weil der Kleine selbst für seine unfehlbare Treffsicherheit zu winzig war.

Signor giudice, er war grausam wie die Ungerechtigkeit, verstand es jedoch, die Wünsche der Verzweifelten zu erfüllen, die die Schlange vor seinem Haus jeden Tag länger werden ließen, das er in ein Büro der Wunder verwandelt hatte, in dem er jeden empfing, ihnen mit heiliger Geduld einem nach dem anderen zuhörte, Mein Sohn ist Soldat in Cuneo, und er ließ ihn über die Kanäle seiner Allsicht in die Kaserne um die Ecke versetzen, Meine Tochter ist mit einem Taugenichts durchgebrannt, und er brachte die Tochter zu den Eltern zurück, und von dem Jungen hörte man nichts mehr, Ich habe Krebs in der linken Lunge, und er schickte ihn nach Hause, um in aller Ruhe die Luft der wundersamen Heilung zu atmen, Ich habe ein Problem, und er löste sie alle, ganz gleich, wie groß der Zensus oder die Schwierigkeit, bis das ganze Viertel zum öffentlichen Freiluftschlafsaal für die Bedürftigen wurde, ein jeder mit seinem eigenen falschen und untröstlichen Schmerz.

Wir rieten ihm inständig von diesem lästigen Chaos ab, doch er antwortete, Lasset sie zu mir kommen, Signor giudice, mit prophetischer Arroganz und entließ uns mit der göttlichen Geste seiner Segnung urbi et orbi, damit wir aus seinem Büro der Wunder verdufteten, Ich muss arbeiten, ihr entweiht mir die Heiligkeit des Ortes.

Wir zogen Leine, überzeugt, dass hinter seinem Himmelreichwahnsinn der Hochmut des Sterblichen und nicht unendliche himmlische Barmherzigkeit steckte.

Signor giudice, wir beschlossen, ihn umzubringen. Nicht wegen des Scherzes, er sei der Sohn des Allmächtigen, sondern weil er mächtig geworden war durch seinen Hof der Wunder, der sich in der Hoffnung auf Empfehlungen, Gefallen und Belohnungen aller Art in den Straßen drängelte, schlimmer als bei den Einfädlern fürs Finanzamt oder für die Meldebehörde. Weil er die Regionalpolitik für Entwicklung, die EWG-Förderungen, die Arbeitslosenunterstützung in seinen Garten Gethsemane schleuste, wo er Parlamentsabgeordnete, Bürgermeister, Stadträte und sogar ausländische Diplomaten zu vorbildlich organisierten Apostolatsversammlungen samt frugalem Abendessen und Bibellesungen empfing, auf denen man sich nach all den gottgefälligen Wichsereien um die Diebesbeute aus selbstständigen Gas- und Wasserunternehmen, Kommunal- und Regionalbehörden und wohltätigen Einrichtungen mit dem blutenden Herzen Jesu im Briefkopf riss, in einem schmutzigen, mit dem Messer ausgefochtenen Gefledder, bei dem Flüche in den höchsten Himmel flogen, sobald es nicht nach Drehbuch lief, sobald das, was dir zustand, nicht durch die Hintertür dessen, was dem anderen zustand, samt Zinsen zu mir zurückkam, in einem franziskanischen Ringelreihen, in dem auch ein Brotlaib für das Unternehmen der armen

Hungertoten abfiel, dessen unendlich kleine Zahlen nicht mehr wussten, wie sie sich teilen sollten.

Signor giudice, der unvermeidliche Moment war gekommen, ihn umzubringen, nicht per Kreuzigung wie auf dem Berg Golgatha, sondern mit der schleunigen Salve der abgesägten Flinte.

Wir ölten gerade die Maschinerie seines Mordes, als sich die Wunder von Kälte und Schnee ankündigten, wie man sie in unseren Breitengeraden noch nie gesehen hatte. Die Kälte war so beißend, die Luft so eisig, dass die Worte, kaum hatten sie den Mund verlassen, in der Form ihrer mörderischen Bedeutung gefroren. Signor giudice, wir sahen das Wunder seiner Ermordung in der gefrorenen Klarheit der Eiskristallarabesken. Und wir schoben seinen Tod bis auf Weiteres auf, nicht wegen der zauberkräftigen Physik der Kälte, sondern wegen der Unfähigkeit, es mit unserer durch einen Schneesturm jenseits aller mildwinterlichen Wettervorhersagen veränderten Welt aufzunehmen.

Wir fanden heraus, dass unsere Pistolen wegen der Kälte klemmten, die Projektile ihre durchschlagende Wirkung verloren, unsere Schritte auf dem arktischen Schnee unsicher wurden und wir bis zu den Knien einsanken.

Und dann kam das Tauwetter, Signor giudice, mit den in der ungewöhnlichen Kälte zerborstenen Straßen, und die Zeit, ihn zu töten, kehrte zurück. Doch obwohl wir den Hinterhalt ganz genauso planten wie die missbräuchlichen Überfälle unserer Abmurksereien, um in Übung zu bleiben, waren wir immer wieder zum Aufschub gezwungen.

Es waren wundersame Hindernisse, Signor giudice. Das Auto der Auftragsmörder, das unerklärlicherweise absoff und nie wieder ansprang, der Komet am Himmel, der uns den falschen Weg wies, die unablässigen Regen- und Hagelstürme und sogar filzdicker Nebel, Signor giudice, wie man ihn nie gesehen hatte, so dass selbst die Verkehrspolizisten in ihrer einsamen Verlorenheit auf der Straßenmitte anfingen, Mailänder Dialekt zu reden und einen Verkehr des Nichts zu regeln, von dem sie nur die verzweifelten Geräusche der Autos vernahmen, die sich aufs Geratewohl vorantasteten. Diese Decke göttlichen Odems war so dick, dass wir nicht einmal mehr uns selbst im Badezimmerspiegel sahen, Signor giudice, weil der Nebel unter den Türen hindurchkroch, durch die langen Flure waberte, uns in unseren barocken Boudoirs heimsuchte und uns fand, während wir pinkelten und die Kloschüssel nicht trafen, in einem trüben Sumpf warmen, unsichtbaren Urins. Tastend stießen wir uns an den Möbelkanten und schafften es hinaus, ohne zu wissen, in welcher Straße wir gelandet waren, blind vor Angst, einen Scheißdreck zu sehen.

Signor giudice, dieser Alptraum weißer Einsamkeit dauerte drei Tage, am vierten erwachten wir an einem gleißend sonnigen Morgen, wie dafür gemacht, ihn für immer auszulöschen. Wie groß war die Verwunderung, Signor giudice, als er selbst vor uns stand und aussah, als sei er soeben über Wasser gelaufen, schön und bereit, sich von der überreichlichen Artillerie umbringen zu lassen, die wir vorbereitet hatten, um ihn keinesfalls zu verfehlen.

Er ließ sich umbringen, Signor giudice, und im Todeskampf vergab er uns, weil wir nicht wussten, was wir taten. Signor giudice, wir begruben ihn auf unserem privaten Friedhof der Massengräber, die wir mit unseren eigenen Händen gruben, und warfen Düngesalz auf seinen Jesus-Christus-Leichnam, um die Verwesung zu beschleunigen. Wir bedeckten ihn mit Erde und befreiten uns endlich von seiner überirdischen Gegenwart. Signor giudice, nach drei Tagen war er wiederauferstanden.

Wir waren nichts mehr. In unserem Allmachtswahn, Signor giudice, schwelgten wir und unsere Familien in ungehemmtem Luxus, feierten die üblichen Jahrestage mit pomphaften Ritualen und die außergewöhnlichen mit päpstlichen Wundern in unseren Kurhotels, die man durch den Haupteingang an einem Ende des Golfes betrat und nach einer labyrinthischen Abfolge von Fluren und Lobbys, überdachten Veranden und Panoramasalons mit Blick auf unser großzügiges Meer, das bei Vollmond die alten Leichen unserer nächtlichen Ertränkungen auf den Wassersaum gischtete, am anderen Ende wieder verließ. Es waren Leiber, deren wir uns zu Kriegszeiten entledigt hatten, verkleidet als Fischer auf mühsamem Fang fliegender Tiefseekalmare, an die Oberfläche gelockt mit blinkenden Lumineszenzen, die ihre fatale Neugierde kitzelten. Und wir tauschten diese zu bratenden Gaben mit Leichen, deren Totenstarre schwer genug wog. Wie von Mineralwasser umsprudelt, gingen sie unter wie Blei.

In unserem Wahn steckten wir die bedachtsamen Politiker des römischen Parlaments an, die sich an dem ihnen verbotenen Prunk kaum sattsehen konnten, auch wenn sie sich abseits hielten dank des plumpen Schwindels, nur zufällig und vorübergehend dort zu sein, wohl wissend aber, dass sie dazugehörten, und sich die Unhöflichkeit herausnahmen, sich in den Separees zu verstecken, angeregt aufeinander einzureden und uns zu bitten, dass sie nicht auf den Fotos unserer Feste auftauchten, dabei hatten wir sie bereits in ihren heftigsten und niedersten Trieben verewigt, Seite an Seite mit uns oder mit unseren übelsten Mördern, die wir für ein Foto neben sie stellten. Senatore, dieser alte Verwandte ist extra aus Übersee angereist, um Sie zu treffen, Bleiben Sie doch hier, Onorevole, damit es keine Missverständnisse gibt, und wir fotografierten ihn, während er das Geld seiner korrupten Forderung entgegennahm und sich den Zeigefinger zum gierigen Zählen anleckte. Und wir archivierten die erpresserischen Bilder je nach erwiesenen oder noch zu erweisenden Gefallen, küssten sie auf die Wangen, wie wir es untereinander taten, und unsere berechnende Brüderlichkeit stimmte sie sprachlos.

Wir fuhren sie zu den Flughäfen unserer Privatflugzeuge, eskortiert von ihren Geheimdiensten, die unsere waren, löschten auf ihre Bitten hin die Flugpläne und hoben, in Ahnung ihrer List, eine Kopie davon auf.

Und sie reisten ab, Signor giudice, fühlten sich endlich leichter, kaum hatten wir sie nach gewichtigen Verabschiedungen entlassen, hoben mit einem Seufzer der Erleichterung von der Startbahn ab, denn endlich waren die unangenehmen Formalitäten des Küss-die-Hand und Habe-die-Ehre vorüber, derweil waren wir uns immer gewisser, sie seliggesprochen zu haben, um im entscheidenden Moment einen Heiligen an der richtigen Stelle zu wissen.

Aus der Ferne hielten wir sie weiterhin an der Drachenschnur, bedachten sie mit Weihnachtsgeschenken, behielten ihre Geburts- und Namenstage, die Hochzeitstage und sämtliche Jahrestage in unserem Elefantengedächtnis, schickten ihnen Postkarten von reifen Kaktusfeigen und Glückwunschkarten mit kurzen, herzlichen Grüßen.

Wir waren nichts mehr, Signor giudice, auch wenn wir in unseren Herrschaftsgebieten das Zepter schwangen und uns abgesprochenermaßen hin und wieder von euch, dem Staatsapparat, jagen ließen in der Hoffnung, unsere Rechnungen mit der Justiz zu begleichen, die wir niemals würden begleichen können, weder vor Ihnen, Signor giudice, noch vor unserem Gewissen oder vor Gott.

Und ihr setztet uns in Kenntnis und wart sogar so höflich, uns durch einen Amtsdiener wissen zu lassen, die Herrschaften seien aufgefordert, sich bei diesem und jenem Kommando zu melden, um als Angeklagte zusammen mit der langen Mitgliederliste zu irgendwelchen Bagatelldelikten auszusagen, Signor giudice, die wir begangen hatten, die wir euch glauben ließen begangen zu haben und die wir niemals begangen hätten, ihr warntet uns durch einen beizeiten getätigten Anruf bei unserem nagelneuen Anwalt, so dass wir in aller Seelenruhe unsere Koffer packen und uns von den Kindern verabschieden konnten, Papa geht auf Geschäftsreise, stattdessen verkrochen wir uns in den Bergen, nur einen Steinwurf von der Polizeihauptwache entfernt, wo wir euch mit bloßem Auge beobachten konnten, wenn ihr zu ausgemachten Zeiten in unseren redlichen Wohnungen aufkreuztet und unsere ungläubigen Frauen euch antworteten, Mein Mann, und wer soll das sein?, genau wie wir es ihnen gemäß dem simplen Schweigegesetz der Familie beigebracht hatten.

Wir sahen zu, wie ihr eure Polizeiausrüstung beschämt wieder zusammenpacktet und unserem nagelneuen Anwalt die Aufforderung überstelltet, in Abwesenheit zu erscheinen.

Signor giudice, wir waren zu unseren Exilpicknicks verduftet, zwischen den Hirten und Schafen bukolischer Besinnung, und das Gemüt ging in der Schönheit dieser herrlichen Landschaft auf, wo wir die Luft der Wolken von solch kindlichem Wohlgeruch einatmeten, dass wir die Köstlichkeit der reif vom Baum gepflückten Frucht entdeckten, Signor giudice.

Nachts wiesen uns die Hirten die einzelnen Sternbilder, die man nur von unserer Insel der Perversionen betrachten konnte, wo man das Schöne unter dem Eindruck der Flucht und in der Angst vor den Handschellen genießt.

Und während ich die einzelnen Sternbilder benannte und den Mond am Himmel betrachtete, den stillen Mond, begriff ich, dass wir es nicht gelernt hatten, uns aus dem Schlamassel zu ziehen wie die Bauern, die dieser seit dem Sündenfall verdorrten Erde den goldenen Honig abzutrotzen vermochten und das Brot und die Zwiebeln mit der stummen, geheimnisvollen Würde jener kauten, die ihr Handwerk verstehen.

Uns fehlte das Gespür der Seeleute für Strömungen und Winde, die wir von den Bergen über ihr leuchtend blaues

Meer aus Freiheit und Schweiß ziehen sahen, während wir ihnen die Küsten ihrer Anlegestellen mit Zementgeschossen vernichteten und ihren Fisch aßen, ohne eine Sardine von einer Sardelle unterscheiden zu können, weil wir nur das vergängliche Können des Diebstahls und der Intrige beherrschten, denn wir sind Geschöpfe der Metropole, Stadttiere, Gassenbestien, die an den Kreuzungen auf der Lauer liegen, auf der ewigen Jagd auf unseresgleichen, denen wir mit einem Sprung die Klauen in den Leib schlagen, sie Stück für Stück verschlingen und zwischen den Perlen des lebendigen Blutes den Sinn unseres unerhörten Überlebens suchen.

Während wir auf der Flucht waren, blieben wir unseren Geschäften und Gefolgschaften treu und kehrten mit dem einzig gültigen Passierschein unserer Gesichter in unsere Herrschaftsgebiete zurück. Wir feierten die gebotenen Festtage mit der Familie und wischten euch eins aus, Signor giudice, weil wir unseren Kalender um einen Tag vorzogen und Weihnachten an Heiligabend und den Tag unserer Toten an Allerheiligen begingen. Und die Bullen, Signor giudice, kamen immer einen Tag zu spät, opferten ihr Familienfest für unsere misslungene Ergreifung und schielten mit neidischem Blick auf die großartigen Geschenke, die wir in der himmelschreienden Straflosigkeit unserer milliardenschweren Käufe unseren Kindern beschert hatten.

Auch wir opferten das Silvesterfest des 30. Dezember, als Sie, oder darf ich du sagen, alter Freund und Spießgeselle, uns wissen ließest, eine ausländische Macht müsse uns wegen eines unaufschiebbaren Geschäfts treffen, man entschuldige sich, noch nach dem offiziellen Kalender unterwegs zu sein, und erwarte uns Punkt 03:00 GMT 37 Meilen Nord-Nord-West vor der Küste auf offenem Meer, bitte pünktlich.

Eine solche Einladung hätten wir niemals angenommen, hättest du, alter Freund und Spießgeselle, nicht mit deinem eigenen Leben für die physische Unversehrtheit eines jeden von uns gebürgt, bei dieser nächtlichen Einladung mitten auf dem Meer, von den Abgründen der Tiefsee nur durch die kalfaterten Planken des uralten wracken Fischkutters getrennt, der den Namen unserer Mütter trägt, Maria Concetta, und dazu einen beruhigenden Olymp von Heiligenfigürchen auf dem Sonar zum Orten der Fischschwärme.

Misstrauisch brachen wir auf und fragten uns, wie es wohl diesmal enden würde. Und während wir durch das Dunkel dieser mondlosen Nacht steuerten, ließ uns unser achter Sinn der Arglist an dir zweifeln, alter Freund und Spießgeselle. Zur festgesetzten Stunde stoppten wir am ausgemachten Punkt die Motoren und stellten fest, wie leicht es wäre, unser Seefahrtsabenteuer mit einem Schlag zu beenden, alle Mann auf einem Boot.

Während wir wetteiferten, wie wir dich umbringen könnten, hörten wir aus dem tiefsten Dunkel der Meeresnacht das stählerne Zischen, sahen den düsteren Walfischschemen des anthrazitfarbenen amerikanischen U-Bootes, das so dicht neben uns aus der See emporstieg, so nah, wie ich vor Ihnen stehe, Signor giudice, so dass wir das Pochen seines metallischen Herzens vernahmen, das Gas aus den Eingeweiden dieses hochmodernen prähistorischen Riesen mit Nuklearantrieb rochen, im Dunkeln die weißen Uniformen der Matrosen erahnten, die sich hastig auf der Brücke reihten, um dem Abgesandten des amerikanischen Botschafters zu salutieren, der gekommen war, um uns in seiner hochoffiziellen Person und mit der schlagenden Überzeugungskraft dieses Weltkriegsaufgebots einzureden, warum wir unentrinnbar und ohne Absolution zehn unantastbare Politiker, Richter in Robe und hochrangige Bürokraten in Grau ermorden sollten. Wie, blieb uns überlassen.

Signor giudice, dieser Abgesandte seiner Majestät der Weltmacht höchstpersönlich drückte zum Abschied jedem von uns die Hand, befahl den Matrosen das Präsentiert-das-Gewehr und ließ uns mit der Liste dieser zehn so gut wie toten Lebenden zurück, die uns erschaudern ließ, Signor giudice, denn es waren die Namen jener, die in der scheinbar demokratischen Staatsführung schalteten und walteten, in Wirklichkeit aber zu gegenseitiger Zufriedenheit den unumgänglichen Gesetzen der Vereinigung gehorchten.

Signor giudice, mit der schläfrigen Verstörung um viertel vor vier Uhr morgens an unserem geopferten Silvester fragten wir uns in absoluter Meeresfinsternis, während das U-Boot unterging und verschwand, als wäre es niemals aufgetaucht, wieso diese zehn Scheißkerle umbringen, diese zehn Schaumschläger der Zeitungen und Fernsehnachrichten, wieso diese zehn umbringen, die seit jeher *cosa nostra*, unsere Sache waren?

Da begriffen wir, dass sie es nicht mehr waren, Signor giudice.

Während die Maria Concetta Kurs aufs Festland nahm und über der Wasserlinie der orangefarbene Ball des neuen Tages auftauchte, traf uns die Erkenntnis, dass etwas in den wankelmütigen und schizophrenen Gleichgewichtsverhältnissen der Macht ins Stottern geraten war. Oder in Gang gekommen.

Wir begriffen, dass uns jemand bei diesem endlosen Hütchenspiel in den Arsch ficken wollte. Hurensöhne, überlegten wir, sie wollen, dass wir diejenigen umbringen, die man nicht umbringen kann, damit wir uns am Ende selbst umbringen. Doch zugleich, und mit der gleichen hellsichtigen Logik, begriffen wir, dass wir umbringen mussten, wen umzubringen sie uns aufgetragen hatten. Sonst würden sie uns umbringen.

Entlang der weißen Schaumspur der Maria Concetta verloren wir uns in einem Labyrinth aus Vermutungen und mühten uns wie Akrobaten auf den Trapezen des Unwägbaren, weshalb wir, kaum waren wir an Land, unsere alltäglichen Stadtwege kaum wiederfanden und keinen festen Boden unter den Füßen spürten, bis wir endlich ausgestreckt in unseren vor schlechten Träumen überquellenden Betten lagen und zur Mittagszeit darin einschliefen.

Dieselbe Unruhe übertrug sich auf die ganze Welt, auf den eigentümlichen Wankelmut der Elemente, und mitten im August begann es zu hageln, wie es am 15. November der Fall sein sollte, der ein sonniger Tag war, und wir erkannten einander nur bei Mondschein, und die Katzen bellten, statt zu schnurren, und alles geriet heillos durcheinander, so dass die Pfirsichbäume in unseren Vierteln Kirschen trugen und die wachsenden Tomaten Blut verloren, Signor giudice. Niemand glaubte diese Merkwürdigkeiten. Auch die Zeitungen distanzierten sich von den Gerüchten weiblicher Marsmenschen am Himmel, die mit ihren herrlichen Raumschiffen ausgerechnet auf unserem Opernhaus gelandet waren, wo die Kunst die Völker erneuert und ihnen das Leben offenbart, Stroboskoplichter zur Begrüßung inszenierten und wieder im Kosmos der Milchstraße verschwanden.

Signor giudice, wir wussten, dass es in Wirklichkeit die amerikanischen Düsenjäger unseres schlechten Gewissens waren. Sie kamen, um uns Dampf zu machen, erklärten uns auf die ihnen typische Art, dass die Zeit des Zauderns vorüber sei und man zur Tat schreiten müsse.

Also mussten wir die Motoren unseres dem Tod verschriebenen Verstandes anwerfen, Signor giudice, und wir überlegten, dass diese kommenden hochrangigen Morde, diese zehn nie zuvor da gewesenen Abmurksereien unsere Handschrift und unseren Stempel tragen mussten, damit alle klipp und klar begriffen, dass wir sie umgebracht hatten und nicht irgendein Durchreisender in diesem Land der Ermordeten.

Nicht nur sollten alle ohne den Hauch eines Zweifels begreifen, wer der Großmeister dieser Tötungen war, sondern sie sollten mit Stil ausgeführt sein, wegen der hochrangigen Opfer und der unwiderlegbaren Bedeutung dieses Gemetzels.

Also grübelten wir nach und kamen auf den unaussprechlichen, wie ein schnaubendes Niesen klingenden Namen dieses tunesischen Killers, über den man in den Zellen unseres Gefängnisses der Buße raunte und sich von blutigen Heldentaten erzählte, bei denen nicht ein Tropfen Blut floss, von der Treffsicherheit und dem unfehlbaren Geschmack am Morden nach der uralten Kunst des Tötens, ohne lange Messerfackeleien, Signor giudice, sondern mit der Blitzesschnelle der silbernen Kugel, deren nur ihm bekannte Schießpulvermischung weder Spuren noch Gerüche oder Geräusche hinterließ.

Zu dritt brachen wir in die Wüste auf, Signor giudice, einer zum Reden, einer, um den Weg zu finden, und der Dritte, um uns während der Reise mit schmutzigen Witzen bei Laune zu halten.

Dieser Auftragsmörder war so exquisit und beschlagen in seiner wundersamen todbringenden Kunst, dass er nicht nur ein dreifaches Vermögen kostete, sondern man sich persönlich auf den Weg durch Wüstenalpträume begeben musste, um zu seiner Oase zu gelangen, zuerst auf dem Rücken eines Kamels, dann auf einem Dromedar und schließlich auf eigenen Beinen, die bei jedem Schritt im glühenden Sand einsanken.

Und dort fanden wir ihn, Signor giudice. Er lebte wie Moos von den Trieben der Kaktusfeige, saugte das Wasser aus den Palmen, aß seltsame Fossilientiere, wusch sich nur, wenn es ausnahmsweise einmal regnete, all das aber mit so blonder englischer Würde, dass er uns um fünf Uhr den Tee servierte und mit uns über das *weather* plauderte wie ein Mister mit Melone in einem Bus am Picadilly. Und mit verblüffender Wandlungsfähigkeit, die ihn vor unseren Augen zu einem rothaarigen Laufburschen eines Feinkostgeschäftes werden ließ, begann er uns zu erklären, dass er jeden tötete, ausnahmslos und überall, außer in einer Flugzeugkanzel, weil seine einzige Angst die vor dem Fliegen sei. Und während er uns erklärte, diese zehn Toten einem biblischen Takt folgen zu lassen wie die Plagen im alten Ägypten, verwandelte er sich in einen chinesischen Hemdenbügler samt Zöpfchen und rotem Drachen auf violettem Grund, und während er uns versicherte, diese Tötungen würden dem Tod so passgenau Genüge tun, dass es keinerlei Zweifel über die Auftraggeber, jedoch gewiss über den Vollstrecker gäbe, war er bereits einer von uns dreien, in einem so vortrefflichen Spiegellabyrinth, Signor giudice, dass wir bis zum nächsten Morgen zweifelten, noch wir selbst und nicht diese Kreatur aus einem Horrorfilm zu sein, die die Hirnzellen ihrer mörderischen Schizophrenie nicht im Zaum halten konnte.

Und wir, Signor giudice, hatten die Gewissheit, den richtigen Mann gefunden zu haben, keine Frage, wenn auch in Gestalt eines Alptraums.

Im Arabischen, für das wir es noch hielten, wusste er nicht mehr anzustimmen den Gesang seiner Verlassenheit, einen Kaffee nippend im Zelt der Seinen, sondern rauchte Wasserpfeife, die er uns reihum anbot und in seiner wandelbaren Erscheinung mit der sanften, halluzinatorischen Melasse des Haschisch befüllte. Die Vollkommenheit der Rauchspiralen ließ uns erahnen, dass diese unglückliche und wunderschöne Wüste der einzige Ort auf Erden war, wo man leben konnte, weil sie selbst die Geister ihrer ermordeten Toten verhexte. Wie Schakale hörte man sie am Rand der Oase der Wandlungen heulen, während er uns eine gute Nacht wünschte und uns die einzige Unhöflichkeit zuteil werden ließ, zu einem Unsichtbaren zu werden, dem wir die Hand drückten, ohne ihm ins Gesicht sehen zu können. Und wir schliefen ein, Signor giudice, im Vergessen des wüstenhaften Vollmondrausches.

Signor giudice, an jenem Dreikönigstag, an dem euer Präsident umgelegt wurde und tot zusammenbrauch, während er den Wagen lenkte, um mit der Familie zur Kirche zu fahren und für seine Seele zu beten, mussten wir uns nicht allzu viel Mühe geben, um zu begreifen, dass er einer von unseren Toten war, Signor giudice, und das begriffen auch alle anderen, als die Fachleute der Carabinieri sich hektisch auf die Suche nach der Wahrheit machten und die Schussbahnen der durchgedrehten Kugeln verfolgten, die den Präsidenten im ballistischen Wahnsinn eines einzigen Projektils getötet hatten.

All ihren Bemühungen zum Trotz gelang es ihnen nicht, das wahrhaftige und endgültige Bild seines Todes zusammenzusetzen. Sogar über die Anzahl seiner Mörder herrschte schwankender Zweifel. Zunächst schien es, als sei er in einem Hinterhalt von Infanterieschützen getötet worden. Negativ. Dann schien es, als sei er von den sich kreuzenden Präzisionsschüssen dreier Heckenschützen durchsiebt worden. Negativ. Wir werden die Ermittlungen intensivieren. Und sie begannen wieder von vorn, jedes Mal mit den Maßen und stumpfen Winkeln der tödlichen Schussbahnen, ohne die einfache, außergewöhnliche Wahrheit zu begreifen, dass ein einziger Meuchelmörder ihn erschossen und ihm dabei ins Gesicht gesehen hatte, wie der Tod es tut, wenn er töten will. Zuerst hatte das Projektil auf die Ehefrau an seiner Seite gezielt, seinen Weg in großmütiger Umlenkung zur Tochter auf dem Rücksitz fortgesetzt, sie ebenfalls verschont und sich mit einer jähen Kehrtwende in den Nacken des Präsidenten gebohrt, sämtliche seiner verfänglichen Erinnerungen eine nach der anderen gelöscht, ihnen den Gnadenschuss verpasst, war dann aus der Stirn wieder ausgetreten und mit dem Instinkt eines treuen Hundes geradewegs in den Lauf der Mörderpistole zurückgekehrt. Deshalb, Signor giudice, fanden sie nicht eine Patronenhülse, konnten den beißenden Geruch des Schießpulvers nicht wittern und erfuhren nie, dass der eisige Blick, den die beiden überlebenden Frauen niemals vergessen werden, den schillernden Pupillen des tunesischen Meuchelmörders entsprang, der den makabren Tanz seiner rituellen Wandlung eröffnet hatte.

Den eisernen Vorgaben und seinen mörderischen Eigentümlichkeiten treu, setzte er das Töten bis zum Ostersonntag fort, als er den Letzten auf der Zehnerliste tötete, der sich bereits seit dem Karneval mit seinem Schicksal abgefunden hatte, da seine unantastbaren Kumpane unaussprechlicher Kungeleien nunmehr allesamt mit denselben Zeichen der immer gleichen Botschaft kaltgemacht worden waren, dass noch immer wir die Mörder sind, und alle sollen es wissen. Zwar wagte es niemand, unseren Namen auszusprechen, und zur Erklärung dieser blutigen Kette griff man nach aberwitzigen Vermutungen, nach Begründungen und Motiven, die unserer Welt völlig fern waren, nach schlecht zusammengestoppelten Verschwörungstheorien, die nicht einmal ihre Verfechter glaubten.

Es waren immer noch wir, mit unserem unumschränkten tunesischen Auftragskiller samt seiner schweren Silberkugel, obschon man auf den posthumen Grabsteinen in Gedenken an die prominenten Verstorbenen nie den Mut fand, der greifbaren Wirklichkeit dieses signierten Massakers ins Gesicht zu sehen, und sich selbst angesichts des durch zwangsweise Überstunden erschöpften Todes abermals in die Scheinheiligkeit flüchtete, mit der Niedertracht der vom Stadtrat gestifteten Marmorlettern, auf dass die Abscheu vor dem Verbrechen unvergänglich und beispielgebend für das zivile Leben sei.

Dieser Zehnte, der nur mehr wie ein Toter umherlief und auf den alle mit dem Finger zeigten, als hätten sie das Wunder eines wandelnden Geistes gesehen, hatte genug Zeit gehabt, seine Schuldigkeiten zu Lebzeiten zu begleichen.

Er hatte sein Gewissen unter einem Schwall an Wohltätigkeiten zum Schweigen gebracht, durch üppige Geschenke an die Kirche, um zumindest auf die Güte der göttlichen Aufnahme zu hoffen.

Er hatte sich auf die Suche nach Weissagern in den wundersamen Höfen gemacht, in denen einst die alte Essigzauberin ihren Giftladen führte, in denen von Nadeln böser Hexerei durchbohrte Puppen am jahrhundertealten Nussbaum baumelten und die wasserlose Quelle direkt in die Stuben der Verstorbenen führte, die sich dort versammelten, um Rachepläne, Todesforderungen mit einem Salzhieb und Empfehlungsschreiben für schwächende Krankheiten durchzusehen.

Gegen die Gewissheit seines gewaltsamen Todes hatten sie keine Gegenmittel, sondern einzig die Traurigkeit der Bestätigung. Abermals hatte er die Hexen abgeklappert, den Kaffeesatz inspiziert, die vom Weinen eines Neugeborenen unterbrochene Novene, die Scherben eines zerbrochenen Tontopfes, die nicht zusammenpassen wollten, die mit jeder neuen Befragung und jeder spiritistischen Sitzung immer düstereren Weissagungen.

Er hatte sein Bedürfnis gestillt, die eigene Beerdigung vorwegzunehmen, um die untröstliche Witwe lebend zu trösten, hatte die Zeitungsnachrufe derer gelesen, die ihn zu Lebzeiten geliebt hatten, und erhielt nicht ein einziges Telegramm von denen, die froh waren, ihn endlich tot zu wissen.

Er hatte nichts gegen einen letzten Besuch bei der Hellseherin gehabt, die ihm seit jeher die unmittelbare Zukunft und die Zukunft danach aus den Tarotkarten las. Mit der linkshändigen Bangnis seines ergebenen Herzens hatte er die große Arkana umgedreht, der sein Mörder mit dem langen Lauf der silbernen Kugeln entsprang, die ihn umbliesen, derweil die nächste, noch verdeckte Tarotkarte ihm in barmherziger Lüge ein längeres Leben und einen Tod im eigenen Bett verheißen hatte.

Wir taten einen Seufzer der Erleichterung, Signor giudice, endlich war dieses Massaker durch Dritte vorbei, das wir mit der Verwegenheit der Stärksten unterzeichneten, vorbei war das Zwischenspiel der Staatsbegräbnisse, der Militärpräsenz, der vom nervenzehrenden Wettstreit gellender Sirenen verstörten öffentlichen Meinung, der zerknirschten Minister, der trauerumflorten Behörden, der vor Verachtung für die verborgene Mörderhand bebenden Predigten. Es war endlich vorbei, und getrost konnten wir abwarten, dass die flüchtige Welle der verletzten Erinnerung verebbte.

Und es war doch nicht vorbei, denn die eigentümlichen Morde setzten sich fort und trugen allesamt unsere unverkennbare Handschrift, obwohl es nicht mehr unsere Toten waren. Während ein Kommunalbeamter starb, starb auf der anderen Seite der Stadt im selben Moment ein Kleinunternehmer, und während im Gefängnis, im Herzen unseres friedlichen Reiches der Buße, einer umgebracht wurde, der unseresgleichen gewesen, von uns aber seinem zukunftslosen Schicksal überlassen worden war, wurde dessen Bruder zur selben Zeit und mit dem gleichen Ritual auf dem städtischen Friedhof umgebracht, so dicht neben seinem eigenen Grab, dass man ihn nur in die Grube stoßen musste, um das Begräbnis zu beenden und alle nach Hause zu schicken. Und während noch einer umgebracht wurde, von dem wir nicht wussten, wer er war oder was er tat, wurde der Journalist getötet, der einen wahrheitsgetreuen Bericht über die zeitgleichen Abmurksereien verfasste.

Es war ein so weitschweifiger und zugleich detailgenauer Auslöschungsplan, dass er niemandem, der in irgendeiner Weise damit verbandelt war, eine Überlebenschance ließ.

Es starb eines unnatürlichen Todes, wer mit jemandem am Telefon sprach, der ebenfalls starb, als reiste die Kugel durch das Telefonkabel, und es wurde in den Tischlereien gestorben, wo der Kunsttischler den Lehrling anwies, Halt den Pfosten fest, und gleich darauf hielten sie sich aneinander fest, weil der Tod sie getroffen hatte. Es starb, wer die Rechnung beim Metzger zahlte, und der Metzger selbst, und auch wir starben, Signor giudice, während wir einander vom Geheimnis dieser binären Tode erzählten, die uns in einsame Erschöpfung stürzten, in der nur überlebte, wer sich in seiner wüstenhaften Einzigkeit um seinen eigenen Scheißdreck kümmerte.

Wir fingen an, uns nicht mehr ins Gesicht zu sehen aus Angst, einander zu erkennen, denn wir wussten nicht, wie hoch der Grad der Gleichzeitigkeit dieser Tode war, und nur durch die Tricks der letzten Verzweiflung blieben wir am Leben, wenn wir das Geld auf die Motorhaube legten, um den Parkwächter zu bezahlen, wenn wir ein Kilo Kartoffeln kauften und eine Flaschenpost hinterließen wie die Schiffbrüchigen, in der Hoffnung, der Gemüsehändler würde sie finden.

Es war ein schweres Leben, Signor giudice, zumal für uns, die wir die unentzifferbaren Hieroglyphen dieser Morde zu lesen wussten und wie im Traum zu der Zeit zurückkehrten, in der aus dem tiefen Schwarz des Meeres unserer Verzweiflung das U-Boot des amerikanischen Abgesandten aufgetaucht war. Immer weiter stiegen wir die Stufen der Zeit hinab, Signor giudice, und entdeckten die Keile, die den Mechanismus des Lebens lahmlegten. Wir erreichten den schändlichen Pakt der biblischen Tode und gingen noch weiter zurück, mit der Mühsal der Erinnerung, die uns zu nackten Ungeborenen im Bauch unserer Mütter machte, nur durch ferne Geräusche und den farbigen Dämmer der durchscheinenden Plazenta mit dem Leben verbunden, Signor giudice. Und wir gingen noch weiter zurück, bis in die Vorzeit unserer Spezies phönizischer Eroberer, zu Turban tragenden Männern, die mit levantinischen Juden Handel trieben, zu der Zeit der von Küstenstürmen zerfetzten Segel, als wir die Hafeneinfahrt mit einer Kette verriegelten, Signor giudice, und es den Vorposten der pisanischen Taschendiebe an Bord ihrer lautlos wie Wasserschlangen dahingleitenden Beiboote in einer sanften, mondlosen Nacht gelang, die schützenden Kettenglieder zu zerreißen und dem jähen massenhaften Angriff brüllender Segler das Feld zu bereiten, die brandschatzend über die sarazenischen Schiffe mit den Insignien des Emirs Salim ibn Rashid herfielen. Beim Licht der Ölfackeln töteten sie die Matrosen, landeten in der Stadt und folgten der weiblichen Witterung der antilopischen Ehefrauen bis zum Harem des Emirs, stachen ihn ab und bedienten sich der Frauen bis zum Morgengrauen, ohne dass die Landgarnisonen etwas davon mitbekamen, sie häuteten und pfählten sie nach den grausigen Methoden bedächtiger Henker, gingen ungestört wieder an Bord und nahmen Kurs auf den gesetzlosen Norden.

Wir erkannten unsere Mischlingsväter, halb Westgoten, halb Byzantiner, und waren so weit in der Zeit zurückgereist, dass wir unsere Stadt erblickten, wie wir sie noch nie gesehen hatten, Signor giudice, mit Flüssen und Papyruspflanzen, mit den arabischen Vergnügungen der Wasserlust, den fünfhundert Moscheen, die Gott einen neuen Namen gaben. Wir sahen die gefahrvolle Reise der von Spanien nahenden Räuber, den Wogen des von prähistorischen Erdstößen aufgewühlten Meeres ausgesetzt, angeführt vom mutigen und unbesonnenen Abenteurer Fargalus, von dem niemand wusste, wo er geboren war oder wie er wirklich hieß, der die afrikanischen Eroberungstruppen befehligte und in undurchdringlichem Waldesland einen vernichtenden Sieg über die Krieger unter dem Kreuzbanner errang, das samt den Leibern des byzantinischen Reiches in Flammen aufging. Wir sahen, wie er auf dem Gipfel des höchsten Hügels seiner Eroberungen den flüchtigen blutigen Ruhm genoss, den Nabel der Welt entdeckt zu haben, denn genau hier, wo er niederkniete, um ihn zu markieren, kreuzten sich die Himmel. Und er weinte die Tränen der geheimnisvollen Krankheit, die in dem Heer, das die Erde bis zum Horizont und sämtliche Meere erobert hatte, die es zu befahren lohnte, größere Verheerungen anrichtete als die Piken der Christen.

Man trug ihn in das Zelt seiner unverhofften Rasten, legte ihn entkräftet auf die blanke Erde, weil es unmöglich war, ein behelfsmäßiges Lager zu bereiten, und im letzten Todeskampf erhaschte er uns in den Spiegeln, in denen sich sämtliche zu Tode Verurteilten reflektieren, während wir zusahen, wie er mit verblüfftem Röcheln ob der Schnelligkeit, mit der sein abenteuerreiches, reueloses Leben verlosch, seinen letzten Atemzug tat. Er ging für immer und wies uns andere zeitliche Wege, und mit eigenen Augen sahen wir die Ratten der rächenden Pest von den arabischen Schiffen huschen und uns einen nach dem anderen verseuchen, Signor giudice, in einer allumfassenden Hekatombe, der nur die Heiligen Herr werden konnten.

Und wir kehrten wieder um, Signor giudice, gingen unsere Geschichte Tag für Tag noch einmal durch, in der Gewissheit, die unentrinnbare Monotonie der Kreisläufe, den wahren Sinn der sich auf Messers Spitze und im Trachten nach Gewinn für wenig Einsatz fortsetzenden Menschheitsgeschichte begriffen und durchschaut zu haben. In Zeitlupengeschwindigkeit kehrten wir um, bis wir wieder unser altes Selbst waren, und wir sahen einander wie nach einer langen Reise ins Gesicht, mit Berichten von Glück und dennoch erstarrt in der Gewissheit der Verschwörung, die über uns hinwegschritt und auf uns pinkelte.

Wir begriffen, dass auch wir wieder anfangen mussten zu töten, um aus diesem Alptraum aufzutauchen, in dem die Zeit sich festgefahren hatte, und zwar nicht nach dem perfekten Plan der Geschichte, sondern aufs Geratewohl, mitten ins Gewühl, blindwütig wie einfallende Barbaren, mit

Tritten und Fäusten, den Ballisten flächendeckender Auslöschung, in einem wunderbaren Kurzschluss gewaltsamer Tode, der das Monster unserer Alpträume in greifbare Besessenheit und leibhaftige Feinde bannte.

Und so geschah es, mit unseren breit angelegten Abmurksereien radierten wir die Katheten der zeitgleichen binären Morde mit der Hypotenuse der Massaker aus. Wir machten ihnen das abscheuliche Spielzeug kaputt, Signor giudice, höhlten den eigentlichen Sinn der binären Morde von innen aus, verseuchten sie mit blindwütigen Abmurksereien, die das rituelle Opferblut mit dem Blutschwall des Marktgemetzels mischten und die Manndeckung im zügellosen Angriff hinfällig und bedeutungslos machten.

Da materialisierte sich unser tunesischer Auftragsmörder in seiner wahren Gestalt, der eines Arabers von verletzlicher Durchtriebenheit, erschöpft von der Schlächterei, zu der ihn die amerikanischen Geheimdienste verdonnert hatten, die sich beim Glücksspiel um internationales Gleichgewicht am Spieltisch der Welt in die Irre hatten leiten lassen.

Und während sie einen Staatsstreich in Südamerika, den Mord am Präsidenten von Pakistan, die Ausrufung des unabhängigen islamischen Staates und die Volksregierung in Zentralafrika anordneten, einen Krieg hier und einen Aufruhr dort anzettelten, brachten sie den Computer der Weltordnung durcheinander, der auf eine gleichmäßige Anzahl von Toten in den Ländern programmiert war, in denen die Geheimdienste ihre Finger im Spiel hatten.

Der zu Späßen aufgelegte Computer hielt für uns nur die eine übliche Aufgabe bereit, sterben zu lassen, und addierte sämtliche auf internationaler Bühne begangenen Morde zu unseren Massakern, weshalb die Schlachten des Erst-mal-können-vor-Lachen auf afrikanischem Boden mit getöteten Soldaten endeten, die wieder aufstanden, voller Staunen, noch am Leben zu sein, denn so hatte der Computer entschieden und an die Befehlshaber Gummigeschosse ausgegeben. Das indische Blutvergießen, in dem der Präsident und sein Ministerrat ihr Leben lassen sollten, war nichts als ein glitzerndes Feuerwerk, denn man hatte die Attentäter mit Schwarzpulver für vergnügliche Lichtspektakel versorgt.

Signor giudice, der durchtriebene Tunesier, der uns mit dem langen Lauf seiner Pistole und der untrüglichen Gewissheit seiner silbernen Kugel bedrohte, sah rot vor Zorn, weil wir ihn fertiggemacht und unseren Fuß auf sein Spielzeug des binären Todes gestellt hatten. Er war so stinksauer, dass er die Kontrolle über seine Verwandlungen verlor und zugleich zu den drei kleinen Schweinchen und zum bösen Wolf und dann wieder zu unserem Todeskandidaten wurde, der abdrückte und statt der mörderischen Lautlosigkeit seiner kostbaren Kugel nur das ohnmächtige Klicken der Silberfarbe hörte, mit der wir die harmlosen Kugeln in seinem Patronengurt angemalt hatten. Da konnte er zu nichts anderem mehr werden als zum wimmernden Todgeweihten, der nach Luft rang in der Gewissheit, zum ersten Mal in seinem Leben zu sterben, während wir ihn wie einen alten Spießgesellen unterhakten und in das mit Semtex vollgestopfte Auto steckten, vom technischen Offizier höchstpersönlich geliefert, der das explosive Experiment dieser neuen pyrotechnischen Erfindung miterleben und sich dazu Notizen machen wollte. Wir legten dem Tunesier den Sicherheitsgurt an, weil er Flugangst hatte und selbst am Boden so panisch war, dass wir ihn mit einem täuschend echten Donnerschlag in die Luft jagten, weshalb der Blitz nicht lange auf sich warten ließ und es zu regnen anfing, Signor giudice, so hyperreal war das Sprengstoffspektakel.

Zwar suchten wir im Schlick nach den explodierten Fetzen des tunesischen Auftragsmörders, aus Furcht, die Detonation könnte seine unbändige Wandlungsfähigkeit vervielfacht haben, doch der Knall war so ungeheuerlich gewesen, dass selbst die Erinnerung an ihn in konfettikleine Puzzleteilchen gerissen worden war, niemand fragte mehr nach ihm, und auch wir vergaßen alles sofort und für immer.

Wir waren nichts mehr. Seit wir nach dem donnernden Gedächtnisverlust den Faden unseres vernachlässigten Reichtums wiederaufnahmen, die in der selbst auferlegten Ausgangssperre unterlassenen Geschäfte neu belebten, den wegweisenden Computerkompass wieder einschalteten, erfolgte ein Wiedererblühen, das bald all unsere Wunden verheilen und uns alle Mühen vergessen ließ.

Dennoch, Signor giudice, war das nur der Anschein des uns zustehenden Glücks, unser Leben war nur die Projektionsfläche des wirklich auf uns wartenden Lebens, und in unserem Innersten spürten wir das Unbehagen der Falschheit und des Trugs, wir witterten den Duft des Verrats, nahmen die Gänsehaut unserer uralten Voraussicht war, ahnten, dass auch wir im Begriff waren, im beglückenden Spaß umgebracht zu werden. Je mehr uns die gedankenlose Übermacht zum Lachen brachte, desto mehr spürten wir, wie trügerisch und illusorisch der ungehemmte Wohlstand war, zu einfach und billig war die Bestechlichkeit der Welt, zu perfekt der automatisch ablaufende Mechanismus der Unterwerfung. Bis man versuchte, mich in einem Hinterhalt umzubringen, Signor giudice, aus dem es für mich keine Rettung gegeben hätte, wäre er nicht so gewagt und makellos zugleich gewesen. Denn während ich am Steuer saß und die Straßen der Welt mit dem offenen Auge meiner Unsterblichkeit im Blick behielt und das andere auf den Radar heftete, um dem Pfeil der Achillessehne zuvorzukommen, erblickte ich ein Mitglied der Vereinigung, das eine Zigarette rauchend hinter einem fremden Auto stand, mit dem eingeschalteten Walkie-Talkie des Verrats, um den Auftragsmördern mein Kommen anzukündigen. Ich hielt hinter der Ecke an, zog meine in Friedenszeit flaniertaugliche Sieben-Fünfundsechziger aus dem Gürtel und machte mich in Todesangst bereit, nicht durch verräterische Freundeshand zu sterben. Als die beiden Meuchelmörder auf der japanischen Kawasaki unserer schnellen Hinterhalte unter den Helmen, die die Gewissheit ihrer beschissenen Meuchelmördergesichter verdeckten, begriffen, dass bei ihrem Plan etwas schiefgelaufen war, weil ich am Ort meines sicheren Todes nicht auftauchte, änderten sie den Plan meines Mordes und machten sich in diesem Winkel der Stadt auf die Suche nach mir. Während mir das Herz barst und ich mir in die Hosen schiss, sah ich sie, Signor giudice, vor Aufregung über meine Ermordung ließen sie das tausend PS starke Biest im Leerlauf röhren, das vor Ungestüm bebte, während es meine vom Wind begünstigte Witterung aufnahm und meinen offensichtlichen Spuren auf dem Asphalt folgte, auf dem ich unter vorsätzlichem Eigenbeschuss meiner beschissenen Mörder tot zu Boden gehen sollte, und ich nahm ihre keuchende Panik wahr, die ich besser kannte als sie, ich sah ihre weit aufgerissenen Augen, die nichts mehr sahen, als ich mit beiden Händen abdrückte, um sie in tiefster Seele zu treffen. Mit einem einzigen Zornesschuss durchbohrte ich beide, meine wiedererkannten alten Partner und unantastbaren besten Freunde, meine Mordsbrüder und liebevollen Zellengenossen, die gestandenen Kerle, die ich mehr schätzte als mich selbst, überrascht von meiner Überraschung, sie erkannt zu haben, lasen sie auf meinen Lippen die Verachtung, sie umlegen zu müssen, während ihre Bestie mit lodernden Zylindern im Funkenschlag des Motors über den Feuer fangenden Asphalt schlitterte und ich ihrem dem präzisen Todesschuss meiner unfehlbaren Treffsicherheit folgenden Motorradfahrerpurzelbaum zusah.

Bei diesem Überschlag aus Leibern und metallischem Harakiri-Schwert-Grau begriff ich sofort, dass sich unsere Welt seit der Entdeckung des Christoph Kolumbus für immer verändern würde, dass ich, wenn ich nach Hause zurückkehrte, selbst die Gegenstände des alltäglichen Lebens nicht wiedererkennen würde, ich begriff, dass zeitgleiche Hinterhalte in diesem Moment für immer die Grenze zogen zwischen dem, was wir gewesen waren, und dem, was wir sein würden. Mit den in ihrer Hellsichtigkeit gefangenen Gehirnzellen kam mir in den Sinn, dass ich erahnen würde, wie die neue Weltordnung aussähe, die uns erst nach beendetem Blutvergießen erwartete, wenn das bereits begonnene Projekt seinen blutigen Kreislauf vollzogen hätte, und ich war selbst Teil des großen Spiels, in dem mein verfehlter Tod ins Gewicht fiele und mit der Schimäre der Blutrache aufräumen würde, mit den Entschädigungen in Lebenden, Toten und Begrabenen.

Das große Abschlachten begann, Signor giudice. Die jungen, aufstrebenden Fohlen unserer neuen Vereinigungen wurden niedergemäht, umgeblasen vom Stromschlag des Kopfschusses, der die Unmittelbarkeit und Tiefe des Verrats aufzeigte. In ihren schweren, weiten Anzügen sackten die einstigen Patriarchen im Ruhestand zusammen, zerfleischt im Fadenkreuz der abgesägten Flinte, mit den Plastiktüten ihrer ärmlichen Familieneinkäufe, der Verblödung anheimgegeben und für einen Wimpernschlag aus dem friedlichen Vergessen ihres Niedergangs gerissen, nur um zur Unkenntlichkeit entstellt, ermordet zu sterben.

In der dem glücklichen Zufall und den Marotten der neuen Herren folgenden täglichen Dezimierung ging es bei der epochalen Metzelei, die uns an frische Triebe nach dem Rückschnitt glauben lassen sollte, an ein Blutbad, das uns durch gegenseitiges Töten verjüngte, stetig zwischen den Kategorien der Entkommenen und der Sieger hin und her.

Signor giudice, es herrschte ein so geschäftiges Morden, dass keine Zeit mehr blieb, die Listen der Getöteten wie früher auf dem neuesten Stand zu halten, für die Buchführung wart nun ihr zuständig, Signor giudice, wir hatten euch die Buchhaltung unserer neuen Saison übertragen.

Ihr wart so gut informiert, dass wir euch fragten, wie die Dinge lagen, wer die aufstrebenden neuen Anführer waren, auf die in Ungnade gefallenen kamen wir von allein, fanden sie tot in ihren gepanzerten Wagen, mit halb geöffnetem Wagenschlag, im vergeblichen Versuch einer unmöglichen Flucht, mit gegen die Stütze zurückgekipptem Kopf, dem im Ringen um einen letzten Hauch Sauerstoff aufgesperrten

Mund, den klaren und deutlichen Einschusslöchern verheerender Kugeln. Bis wir euch beförderten, Signor giudice, und euch in dieses Spiel der Verfolgungen und Abmurksereien hineinzogen, euch gegen euren Willen dazu verdonnerten, euren Teil beizutragen, Sigor giudice, uns zu verhaften, damit wir in den sicheren Zellen der Strafanstalt mit dem Leben davonkamen, euch einbläuten, nicht aus Angst zu schießen, sondern uns lebend zu schnappen und uns am Leben zu erhalten.

Es war eine universale Verfolgungsjagd, wir lauerten einander in einem Zirkus der Hinterhalte auf, der nach und nach über die Vororte bis aufs Land zog, wo wir versuchten, den Zauber unserer besiegelten Schicksale zu brechen, Signor giudice, uns mit unseren über die Waden gekrempelten Nadelstreifenhosen hinter den Kaktusfeigen versteckten, in unseren bei der Flucht zerschlissenen Sonntagsjacken, und eigenhändig mit dem Gerücht aufräumten, wir seien gut im Dickicht und im Unterholz, blitzartige Rache, und dann wieder ab ins Dunkel, Signor giudice, in unzugängliche Schlupflöcher, steinige Mondlandschaften, uneinnehmbare Berghöhlen. Doch stattdessen, Signor giudice, waren wir nicht gut darin, uns zu tarnen und zu verstellen, uns in Brombeergestrüpp zu verstecken, das uns die Haut zerriss. Wir waren nicht für die Flucht gemacht, Signor giudice, weil wir nur lebten, solange wir gegenwärtig und sichtbar waren. Wir waren nicht in der Lage, uns aus dem Staub zu machen, mit der Heraldik der Symbole unserer Macht im Schlepptau, den Fingerringen und Halsketten, die überall hängen blieben und uns am Fortkommen hinderten, während wir die rasch herannahenden Hubschrauber hörten über diesem Land, das ausschließlich uns gehörte, jedoch plötzlich zu klein, zu offen und verräterisch erschien, erhellt von den Scheinwerfern dieser Pausennummer, in der wir den Hanswurst gaben, unter den vernetzten Mikroskopen sämtlicher Geheimdienste, die uns ihre versteckten Piepser in die Taschen schoben und unsere Körper auf der Flucht zu Antennen machten.

Schließlich schnapptet ihr uns, legtet unsere zum mystischen Gebet gefalteten Hände in Handschellen, fasstet uns auf Knien in den Bergtälern, wo uns der heilige Petrus selbst mit strahlendem Heiligenschein erschienen war, um uns seine Absolution zu erteilen und uns die Vergebung der Menschen zu verheißen. Ihr tratet die Brettertüren unserer Untergrundverschläge ein, wo auf den Nachttischen neben den Lagerstätten der Buße die Brevierbücher mit den Psalmen, den Gebeten und den urwüchsigen Leben der Heiligen lagen.

Diejenigen von uns, die genügend Heilige auf der Polizeihauptwache mit den Wundern warnender Anrufe hatten, erlaubten sich eine sturzgeburtartige Flucht.

Wir schleppten den schweren Stein, der uns auf dem Herzen lag, zum Urlaub nach Bogotà, nach Singapur, Asunción und Rio, auf die Isla Margarita, in die Paradiese der Karibik, die in Wirklichkeit trostlos und elend waren, wenn auch mit zuträglichem Klima, wo wir versuchten, die unkenntlichen Scherben unseres Lebens in der Mimesis des Alltäglichen zusammenzusetzen, wo wir lernten, mit neuen

Akzenten zu sprechen, wo wir uns mit den an die zwangsläufige Ferne gewöhnten Flüchtigen alter Zeiten und Schlächtereien zu nostalgischen Treffen zusammenfanden, wo wir wieder anfingen, wie zu Hause zu essen, die gemeinsame Sprache mit solch kunstfertiger häuslicher Normalität zu sprechen, dass uns die Tränen kamen, Signor giudice.

Wir tauschten uns über die Blessuren unserer Herzen auf Zwangsurlaub aus, über die allzu vielen Verrate, die allzu vielen traurigen Dinge, die sich in der fernen Heimat abspielten, als gehörten sie zu einer anderen Welt, in der wir uns kaum wiedererkannten, doch tief in den Windungen unseres Hirns der säumigen Flüchtigen archivierten wir sie unbewusst in der exakten Reihenfolge ihres Geschehens, die Zahl der Toten, die Schachzüge der Richter, die Gegenzüge der Anwälte, alles fügte sich zusammen, Signor giudice, im Mosaik der Gleichgewichte. Wir fingen wieder an, Strategien der Rettung zu entwerfen wie Herrscher im Exil, die auf die Restauration warteten.

*E*s geschah, Signor giudice, dass eine der vierzig Familien der Vereinigung beschlossen hatte, durch die einfache und endgültige Auslöschung sämtlicher anderer Familien die Weltmacht in die Hand zu nehmen.

Es war das Land, das zurückkehrte, um sich an der Stadt zu rächen, es waren die Dörfler, Signor giudice, die aus dem Chaos ihrer mit Olivenanbau betriebenen Lehen das uralte Wissen der Pflanzenordnung ihres Giftgewächses mitbrachten und wucherndem Unkraut glichen, das lange, unentwirrbare Wurzeln trieb, die sich mit den Wurzeln der kostbaren Nutzpflanzen verflochten, sie überdeckten, sie auslöschten und in der unterirdischen Unsichtbarkeit ihres unentrinnbaren Spinnennetzes erstickten.

In den Rinnsalen von Blut, die durch unterirdische Ritzen von unbestatteten Leichen, reihenweise Verschwundenen und begangenen Morden flossen, von denen man wusste, aber nicht sprach, wurde eine Familie zu der aller anderen.

Signor giudice, uns kamen widersprüchliche und grauenerregende Neuigkeiten zu Ohren, und wir wussten nicht, ob durch Davongekommene oder zwecks einer gezielten

Strategie der Wiederannäherung, Nachrichten von Versöhnungsabendessen, bei denen sich die vergifteten Tischgäste in entsetzlichen Krämpfen wanden, während sie auf den geschäftsfördernden Frieden anstießen und dann durch den Fleischwolf gedreht und zu homogenisiertem Schweinefutter für die Mastställe in der Provinz verarbeitet wurden. Und zur gleichen Zeit erreichte uns die Nachricht, dieselben verdauten Toten seien an einem Rachehinterhalt beteiligt gewesen, und dann, sie seien durch die willkommenen Handschellen der Bullen gerettet worden, und dann, sie seien beim Hofgang in unserem Gefängnis der Buße wegen harmloser Flegeleien während ihrer Briscola-Spielrunden, in denen man um die zukünftigen Besitztümer ihrer erträumten, wiedergewonnenen Allmacht zockte, mit behelfsmäßigen Messerklingen kaltgemacht worden.

Es herrschte ein solches Chaos an schlechten Informationen, dass uns die Unberechenbarkeit des Krieges als das einzig plausible Szenario erschien und dass der neue Souverän noch nicht ungestraft über fremde Gebiete herrschte und dass in den Strohfeuern blutrünstiger Plänkeleien nichts Endgültiges entschieden war. Es herrschten noch immer die alten Festungen, man bediente sich der Mordwaffe des Infiltranten, des alten brüderlichen Freundes, der einen bereits für tot verkauft hatte, um sein eigenes Leben zu retten.

Doch waren das nur letzte Scharmützel, Signor giudice, die bittere Zukunft hatte bereits im unaussprechbaren Namen eines einzigen Bosses Wurzeln geschlagen, der absolut und despotisch herrsche, um diese von ihm selbst vorangetriebene Vernichtung zu überleben. Und wir begriffen, dass uns entweder der Tod oder die formale Anerkennung des neuen, unausgeglichenen Gleichgewichts erwartete, das kaudinische Joch der Untertänigkeit, dass wir uns wieder im Trippelschritt unserer uralten Vorsicht und einer nie da gewesenen kleinmütigen Dankbarkeit bewegen mussten, nie wieder Herren über unser Schicksal, sondern emsige Arbeiter für seinen einstweiligen dunklen Plan undurchschaubarer Schlichen.

Aus unseren nostalgischen Urlauben schrieben wir demütige Briefe der Hoffnung, in denen wir deutlich machten, begriffen zu haben, dass wir bereit waren, seine großmütige Absolution fügsam anzunehmen und uns ohne militärische Ehren in seine Hände zu begeben, in der Hoffnung, er möge in seiner Weitsicht die Faust nicht schließen, sondern uns erlauben, seine dunkelsten und unergründlichsten Wünsche zu erfüllen.

Und wir kehrten zurück, Signor giudice. Manche stiegen die Flugzeugleiter mit den unsicheren Schritten des entsetzlichen Zweifels hinab, einen fatalen Fehler begangen zu haben, manche mit dem falschen Schnurrbart des heimlichen Exils, manche mit Geschenkpaketen und Gnadenersuchen.

Wir kehrten zurück, Signor giudice, um die Tage des Unglücks zu leben, als Gefangene in unseren eigenen vier Wänden, um sämtliche Schliche der Vorsicht und die ahnungsvollen Ratschläge unserer Voraussicht umzusetzen, sogar bewaffnet aufs Klo zu gehen und den Tag mit der Nacht zu verwechseln, weil wir im Dunkeln hinter panisch verrammelten Fensterläden lebten, bis der befreiende Anruf für ein Wiedergutmachungstreffen kam, für die erzwungene Aufnahme in die geschlossenen Reihen des Usurpators.

Signor giudice, als die Zeit des Wartens sich pausenlos in die Länge zog, stellte sich die Gewissheit ein, früher oder später durch unbekannte Mörderhand sterben zu müssen, die im trügerischen Gewand der Carabinieri auftauchte, samt aus den unbewachten Kasernengaragen geklautem Streifenwagen, gellenden Sirenen, lodernder Flamme auf der Mütze, Dienstschnauzer und der zu unterschreibenden Liste der unter Sonderbeobachtung stehenden Personen. Und während man unterschrieb, starb man, Signor giudice.

Während des Wartens, eingesperrt in unseren zu Überlebensbunkern gewordenen Wohnungen, erlernten wir die Frickelei der Notreparaturen, um keinen Handwerker mit der in der Werkzeugtasche verstecken Waffe rufen zu müssen. Wir wurden Klempner, Signor giudice, Elektriker, Tischler, Maurer, Meister der Improvisation. Wir bauten unzugängliche Geheimkammern unter der Duschwanne, zogen Wände unsichtbarer, kaum mauerbreiter Gänge hoch, in die wir bei jedem Türklingeln mit bebendem Herzen hineinschlüpften. Wir suchten uns abgeschiedene Dachböden, die wir mit Proviant für ein langes Überleben füllten, Signor giudice, und gewöhnten uns daran, in unseren aus dem Tuffstein der Angst errichteten Felsspalten, auf den beengten Metern unserer selbst gemachten Schlupflöcher zu leben, die so winzig waren, dass wir begannen, Raum in uns selbst zu suchen, uns irgendwie hineinzuzwängen. Wir schoben die Seele beiseite, um der uralten Angst des gehetzten und verdammten Tieres Platz zu machen, und entdeckten in uns das Wunder tiefer Nischen des unmöglichen Überlebens.

Wir bewunderten die Sternbilder unseres Gehirns, zählten die Wattegestirne unserer Fantasie, um die Zeit totzuschlagen, fanden natürliche Quellen und kunstvolle Brünnlein, um den Brand unseres urzeitlichen Durstes zu stillen, wir entkleideten die Nymphen im Kopfteil unserer Betten, die uns im Halbschlaf unserer zyanotischen Angst die exotische Frucht ihrer Körbe darboten, wir streichelten die gezähmten Tiger der indischen Drucke an den Wänden, die den heißen Atem elektrischer Öfen keuchten, um die fötale Qual unserer einen Quadratmeter großen Löcher zu lindern, wir sahen die Gipsputten, die wie wild gewordene Fledermäuse nach Sonnenuntergang herumflatterten und die Alpträume unserer Klaustrophobie bevölkerten, wir gruben unberührte Arsenale mit den mörderischen Waffen unserer Rache der Schlafenden aus, mit der wir die Alpträume unseres Verrats töteten und die Freunde an der im Strumpf ihrer Ermutigungsmaskerade versteckten Klinge erkannten, wir fanden die glühenden Feuer unserer persönlichen Hölle, sahen die blendende Morgendämmerung des wunderschönen Tages nach unserem Tod mit solch glaubhafter Klarheit, dass wir uns leichter fühlten durch die Gewissheit, irgendwie würde so oder so alles enden, und hofften darauf, dass Gott und seine posthume Rache nicht existierten.

Diejenigen von uns, die von ihren inneren Ängsten erlöst wurden, um in das neue vergrößerte Heer einzutreten, das mit Exekutionskommandos die von ihrem Schicksal ungerührt Davongekommenen hinrichtete, mussten sich ohne zu zögern im neuen Gehorsam beweisen. Sie mussten neue Schwüre leisten, ohne dass ihnen die Stimme brach und zu erkennen gab, ob Angst oder Verrat darin lag.

Signor giudice, mir wurde die Prüfung zuteil, meinen direkten Vorgesetzten alter Bruderschaft zu töten, den alten Boss der Familienweihnachtsessen, Trauzeugenschaften, Taufpatenschaften, den alten Freund der außerhäuslichen Vögeleien mit Gelegenheitsnutten, der zur Klausur in den eigenen vier Wänden verdammt war, die panische Angst, sterben zu müssen, hatte ihm die Wangen hohl werden lassen, er war nicht wiederzuerkennen in der vorzeitigen Vergreisung seiner sinnlosen Zweifel, weiß geworden durch die Gewöhnung an die schützenden Schlupflöcher in den Geheimverstecken seines Hauses und seiner Seele.

Man gab mir ein todsicheres Scharfschützengewehr mit Fernzielrohr und langem Lauf, der wie eine mörderische Angelrute von einem Fenster zum anderen reichte. Ich beobachtete ihn durchs Visier in seinem speckigen Bademantel und den Pantoffeln auf seinen Irrwegen zwischen Küche und Wohnstube, wo er den Fernseher leise stellte, ich sah ihn, während er seine Kleider des begrabenen Toten wusch, die großen Unterhosen, die löchrigen Unterhemden, und dann alles mit der staunenden, bedächtigen Vorsicht der Alten bügelte, Signor giudice.

Doch der Schuss ging nicht los, weil ich meinen Seelenschindern erklärte, mit dem Ziel im Visier zeige der Gewehrlauf auf die Kirche San Giovanni, und diese Abweichung sei für den Erfolg des Mordes fatal.

Wir kehrten zu unserem libanesischen Waffenhändler zurück, der eigentlich gerade zu einem Marsurlaub aufbrechen wollte, nachdem er die amerikanische NASA in seinem wollüstigen Wahnsinn zu einer Reise ohne Wiederkehr überredet hatte, mit der Drohung von ein paar Tonnen TNT unter den Startrampen der interplanetarischen Flugkörper. Er stellte uns ein neues Gewehr zur Verfügung, das nur auf das zielte, was es tötete. Wir kehrten ans Fenster der mörderischen Angler zurück, und ich nahm ihn suchend ins Visier, weil ich begriffen hatte, dass dieses tödliche Gebot unaufschiebbar war. Ich zielte auf ihn, Signor giudice, doch ich musste ihn gar nicht mehr töten, weil er sich mit dem Gürtel seines speckigen Bademantels am Deckenhaken der Küchenlampe erhängt hatte. Ich sah ihn nur von einer Seite seines leichenstarren Pendelns, mal ja, mal nein, im Morsesignal seines letzten Leckt-mich-am-Arsch. Sie nahmen meinen guten Willen zur Kenntnis, ihn töten zu wollen, und baten mich, dafür den anderen alten, vor Angst vor dem sicheren Tod in den Wahnsinn getriebenen Kameraden zu ermorden, der sich mit selbstmörderischer Dreistigkeit auf der Straße zeigte. Wir täten ihm einen Gefallen, sein längst besiegeltes Schicksal voranzutreiben.

Wir fanden ihn, wo wir ihn suchten, auf der großen Straße mit den Rosskastanien nachmittäglicher Spaziergänge, wo er die Formen der himmelweit entfernten Jugend seines ungestillten Verlangens abwog, in grauem Anzug und mit der Blume seiner ergrauten Galanterie im Knopfloch, der tadellosen Bügelfalte in den Hosenbeinen, wo er von uns die Gnade erbat, ihn nicht dort umzubringen, zwischen den Hunden der promenierenden Reichen, in dieser guten Stube feinen Zwirns, arroganter Parfums und gespachtelten Make-ups.

Signor giudice, mit den Beinen eines verstörten Papageien stieg er in unseren Wagen und wies uns den geeigneteren Ort, an dem er zufrieden sterben würde, dort, am heiteren Meer seiner kindlichen Klippen. Er wandte uns den Rücken zu und begann, die Traurigkeit einer im Vollmond von Mergellina zerbrochenen Liebe und den Fischer als König der See zu besingen, mit perfekten Trillern seines neapolitanischen Gaumenzäpfchens und der ergreifenden Poesie seines Herzens, das um diese Liebe weinte, die es nie gegeben hatte. Wir drückten ab, Signor giudice, und applaudierten ihm.

Wir waren nichts mehr, Signor giudice, in dieser Ausrottungsmattigkeit hatte sich unser Verstand in den monotonen Pflichten des Abschlachtens festgefressen, wenn wir loszogen und uns auf die Lauer legten, um einen umzulegen, und zurückkehrten, nachdem wir vier umgelegt hatten, weil die Leichen sich aufgrund unerwarteter Zeugen vermehrten und unsere Gedanken wie gelähmt waren, gänzlich fixiert auf den vom Abzug unserer abgesägten Flinten taub gewordenen Zeigefinger. Um unseren Instinkt zu beflügeln, genügte das hektografierte Zettelchen unserer neuen grausamen Bosse nicht, das uns Zuversicht und Motivation geben sollte und darlegte, wie das vergossene und noch zu vergießende Blut den Riten uralter Gebote folgte, die noch älter waren als die Gesetze des einzigen Gottes unserer katechetischen Pflichten, Signor giudice. Dem urzeitlichen Erlass unserer olympischen Götter, in Heiligenbildern auf grob gezimmerten Schiffen transportiert, die das Gelingen ihrer Seefahrt einzig der übernatürlichen Macht dieser riesigen, grausamen Gesichter anvertrauten, die die Winde und Meere duzten und auf den Routen der Magna Graecia ruhige Überfahrten befahlen.

Auf dem bedruckten Zettel, der uns Mut machen sollte, erzählte man von den notwendigen Morden Jupiters, der die Titanen tötete, von den entsetzlichen und blutigen Kämpfen, in denen alle Probleme zwischen den Heiligen, die unser uraltes Land bewohnten, mit endgültigen Abmurksereien in unbändigen Strömen von Blut gelöst wurden, und wir lösten sie bei unseren irdischen Fehden genauso, Signor giudice, und nahmen das Leben, wie es uns passte.

In dieser Verkehrung unserer altvertrauten Welt genügten die Grillfeste und endlosen Schlemmereien nicht mehr, die uns die Mägen bis zum Erbrechen füllten und uns die Seele entleerten, denn als sie uns mit Mund-zu-Mund-Befehlen die neuen Hierarchien des unsichtbaren Kommandos beibrachten, löschten sie unsere Erinnerung, wuschen sie mit der Seife des Grauens fort und zogen kümmerliche Pflänzchen des Gehorsams, nicht aus Überzeugung von der gerechten Sache, sondern aus Notwendigkeit, lebend am Leben zu bleiben und jede Nacht unseren leichten, zeitgleichen Schlaf der Verräter und der Verratenen zu schlafen, jeden Morgen an einem Tag der Ungewissheiten zu erwachen und die uralten Streifzüge durch unsere Lehensgründe wiederaufzunehmen. Nicht um das Glück der Macht auszuüben, sondern weil der neue Befehl verlangte, dass wir wieder sichtbar, ja, unübersehbar würden, um zu zeigen, dass es noch immer jemanden gab, der befahl und kontrollierte, der gütige Herr eurer unlösbaren Miseren war zurück, die wir für euch lösen würden. Doch das war ein einziger Bluff, Signor giudice, es war nur die Illusion, als wären wir da.

So viel sie uns auch von ihrem Unglück, am Leben zu sein, erzählten, von den täglichen Miseren und wie Feuer brennenden Ungerechtigkeiten, lautete der eiserne Befehl, alles haarklein per vorgedrucktem Formblatt samt Spalten für die dringenden, die weniger dringenden Notwendigkeiten und die üblichen Empfehlungen zu übermitteln. Andere würden sich dann darum kümmern.

Uns blieb nur, mit der fernen Ahnung vorübergehender Freiheit auf die alten Trampelpfade zurückzukehren, gesalzene Sonnenblumenkerne zu kauen und die Schalen im Trefferbild der abgesägten Flinte auf den Boden zu spucken, während wir, eisig und unbeobachtet wie Standbilder unserer selbst, in einer sinnlosen Besatzungspatrouille an den Ecken der Marktgassen Wache schoben.

Wir beschrieben die weiße Tafel unserer Seele mit den vergessenen Zeichen jener unkenntlich gewordenen Welt und entdeckten die schäbigen Gassen unserer Kindheit ganz neu, die noch abgelebter und fauliger waren als zu der Zeit, als die Macht in unseren Händen lag.

Wir entdeckten, dass die Welt hinfällig und marode war, und auch wir fühlten uns alt und wackelig, wie die Steinhäuser, die ohne Vorwarnung mitten in den verregneten Nächten in sich zusammenfielen und unter dem gelben Tuffstein die unbekannten Namen neuer, fremder Bewohner begruben, die im Wirrwarr heimlicher Einwanderung von allen Kontinenten kamen, Leute, die uns nicht und die wir nicht kannten.

Aber im Einzelhandel mit neuen chemischen Entrücktheiten waren sie genauso gut wie mit dem alten, zu unbekannten Giftmischungen aufbereiteten Heroin, das zum Tod durch Einschlafen in den verstecktesten Winkeln unserer verwahrlosten Gassen führte. Wir fanden Sterbende mit der Nadel im Arm, den Kopf gegen die Müllcontainer gekippt, unter den geparkten Autos, sogar in unseren Häusern, wo sie in ihrem jähen Schlaf ohne Erwachen einen Ort zum Sterben suchten. Und sie starben, Signor giudice, denn die einträgliche Industrie unserer uranfänglichen Seligpreisung war zur Pfuscherin geworden, den Managern des sofortigen Gewinns rückhaltlos und unkontrolliert ausgeliefert, ohne Zukunftsvision, ohne Versprechungen und ohne Pläne, genau wie inzwischen die ganze Welt, von rücksichtsloser Raffgier tagtäglich verschlungen wie zu Zeiten der alliierten Bombardierungen, in denen wir selbst übers Ohr gehauen wurden, ohne den gewohnten Respekt, weil alle wussten, dass wir wieder zu Laufburschen geworden waren.

Das wussten wir ebenfalls, Signor giudice, als sie uns auf der Straße nicht mehr grüßten und, um uns aus dem Weg zu gehen, auf den anderen Gehsteig wechselten. Wir blieben allein, Signor giudice, um uns in unserem Unglück ausrangierter Mächtiger zu quälen, deren einträgliche Ex-Geschäfte vor die Hunde gingen, weil die neuen Bosse an der Quelle nun saftiger absahnten, als je dabei herauszupressen gewesen war.

Wir kehrten in unsere ausgebauten Häuser zurück und machten uns auf die Suche nach der Riesenflut Zaster, von der wir nicht gewusst hatten, wohin damit, fanden aber nur die Wehmut des Reichtums, weil wir alles für gute und repräsentative Dinge ausgegeben hatten, und uns blieb nur das unantastbare Geld weitläufiger Grundbesitze in Argentinien, Schlösser in Schottland und Bungalows in Polynesien, aber nicht eine lausige Lira, und sie ließen uns die Krumen gebrochener Demütigung, von der man sich nur das billige Süßgebäck der Patronatsfeste kaufen konnte, das immerhin sämtliche Aromen der Schöpfung enthielt, den Duft aller Jahreszeiten und die Farben des Regenbogens, der sich in jenen regenlosen Tagen unseres tiefen Falls nie gezeigt hatte.

Wir schluchzten stumme Tränen im Verborgenen, wo niemand uns sehen konnte, mieden die Straßen der arabischen Viertel mit den elektrischen Lichtern plötzlicher Gassenwunder. Die unbefleckte Jungfrau war kraft des Heiligen Geistes schwanger geworden und trug den neuen Erlöser unter dem Herzen, das ist sicher und wissenschaftlich bewiesen, verkündeten die Plakate an den blättrigen Gassenmauern, namhafte englische Ärzte hatten das Mädchen untersucht und ihre göttliche Jungfräulichkeit bestätigt. Die Entdeckung der hochheiligen toten Gebeine eines der Apostel in der Zwischenwand eines verwahrlosten Kellerlochs, feierliche Reliquien, die man in einer Prozession durch das Viertel trug, auf dass die Epidemie der Lebensmüdigkeit, die uns alle umbrachte, ein Ende fand. Obwohl der Erzbischof sich noch nicht zu den beiden wundersamen Ereignissen geäußert hatte. Vertraulich hatten wir ihm von dem Wunder des erbärmlichen Versuches berichtet, die Vergewaltigung des Mädchens zu vertuschen, begangen vom eigenen Vater, der mit reichlich Zaster und seinem guten Namen das gotteslästerliche Ammenmärchen des Erlösers in Umlauf gebracht hatte. Und diese in der Mauer gefundenen Reliquien mit all dem mystischen Tamtam waren nichts weiter als die Knochen eines alten, verblödeten Penners, Onkel der ehemaligen Besitzer dieses stinkenden Kellerlochs, die es einfacher und bequemer gefunden hatten, ihm eine nützliche Gratisbestattung mit Zement und Mörtel zu bescheren, um das Wohnzimmer vom Klo abzutrennen, als ihn für Kosten und Sterbegebühren auf den Friedhof zu bringen.

Trotz des Wissens um die wunderlose Wahrheit hatte der Erzbischof nicht das Herz, für neue Enttäuschung zu sorgen. Er ließ zu, dass Blumenbögen in den Straßen errichtet wurden, die Familien auf den Balkonen standen und Schneckenhäuser hinunterspuckten, und wir wichen den Verkaufsständen leuchtender Krippen aus, flohen vor dem herzzerreißenden Zimtduft, der zum Schneiden dick die unbewegte Luft erfüllte, damit auch die Gerüche der Gewohnheit nichts von unserer Drangsal erfuhren, dass uns die Fähigkeit, namenlose Abmurksereien zu entschlüsseln, abhandengekommen war, machte sich doch niemand mehr die Mühe, uns zu erklären, welche Wege die Geschichte unseres Lebens genommen hatte. Und der siebte Sinn der Voraussicht hatte uns verlassen und ließ uns im undurchdringlichen Dunkel des Zweifels und in der jähen, blendenden Gewissheit zurück, den rätselvollen Tod der anderen nicht mehr entschlüsseln und ermessen zu können, ob er sich mit der Angst unseres eigenen Todes deckte oder ob es nur unbegreifliche Zufallstode waren, wohl wissend, dass es solche nicht gab, Signor giudice.

Obwohl wir die Nachrichten über Verbrechen wieder und wieder lasen, damit uns ja nichts entging, gelang es uns nicht mehr, zwischen den berichtenden Zeilen über die alten Rivalitäten und niemals erloschenen Fehden, die in Wirklichkeit bereits seit Langem beendet waren, ohne dass wir es in unserer ausweglosen Umnebelung mitbekommen hätten, die Wahrheit von der Lüge zu unterscheiden.

Signor giudice, die Panik, unsere uralten, angeborenen Instinkte, unseren sechsten Sinn der Bosheit, den siebten der Voraussicht, den achten der Arglist und all die anderen, die uns an die Gestade des Überlebens geführt hatten, nicht mehr gebrauchen zu können, zwang uns die grauenvolle Normalität auf, nicht zu wissen, worauf sie aus waren und wie und warum, Signor giudice.

Wie die Käuzchen kehrten wir auf unseren Ast des Schreckens zurück, sägten die Gitterstäbe vor den Fenstern unserer Schlafzimmer ab, fingen wieder an, unsere panischen Zigaretten zu rauchen, mit der Glut im Mund, um keine glimmende Zielscheibe zu bieten.

Signor giudice, diese Angst, die neu, aber immer dieselbe war, nahm die Form streunender Köter an, die, Schrecken verbreitend, in wilden Rudeln durch die Straßen des Zentrums stoben. Man wusste nicht, wo sie mit ihren geifernden Lefzen hergekommen waren, tagsüber verwüsteten sie die Märkte wie hungrige Raubtiere, fielen die unter ihren Einkäufen gebeugten Rentnerinnen an, die illegalen Türken bei ihren ärmlichen Besorgungen, die Lammfleisch-Metzger wegen des frischen Blutes an ihren Händen. Und sosehr man sich auch bemühte, sie mit Knüppeln, Messern und Steinen zu verjagen, jaulten sie schauderhafte Drohungen, bellten auf Spanisch mit gefletschten Zähnen und verschwanden in einem Wirbel erhobener Schwänze, als gehorchten sie alle einem lautlosen Befehl. Und plötzlich tauchten sie in den feinen Einkaufsstraßen der Reichen auf, um in gestrecktem Galopp die Unbeschwertheit der Pärchen zu zerstören, zerrissen Waden und Nylonstrümpfe, sprangen auf die Ladentresen, sabberten weißen Schaum des Grolls, zerfetzten die Damenkostüme mit ihren Zähnen, nahmen, wie ein einziges Tier, den ganzen Laden auseinander und kippen ihn auf die Straße, das alles mit der ausgeklügelten Strategie des Höllenspektakels, das keine Zeit für Reaktionen ließ, sondern nur für die Not, die Verletzten zu versorgen und den beträchtlichen Schaden dieser unvorhersehbaren, grundlosen Attacken zu beziffern.

Es waren unbezähmbare Köter, urzeitliche Wölfe, die selbst die Luft zum Atmen zerfetzten und bei ihren unbändigen Stürmen umgehender Zerstörung unter dem farblosen Mantel ihres zottigen Fells vor Zorn bebten. Mit Erlassen und Plakaten zum gesundheitlichen Notstand forderte die Stadt die Bürger auf, wertvolle Angaben über ihre Anzahl und ihre Wanderschaften von einem Viertel zum nächsten zu machen, und um ihre Routen zu erkennen, musste man nur den blutigen Spuren der zerfetzten Leiber folgen.

Man blieb auf der Hut, lauschte den neuesten Nachrichten, laut denen sie in den Lagern ziehender Sinti und Roma und unmittelbar darauf beim unseligen Besuch der Villen glanzvoller Zeiten am Meer gesichtet worden waren, wo sich die alten, vermögenden Bewohner zu einem außersaisonalen Bad ins Meer flüchteten, denn offenbar machten diese Bestien nur vor Meerwasser halt. Die artigen Hunde an der Leine der Menschen nahmen vor ihrem rasenden Galopp Reißaus, in den Boulevards mit den Cafés im Freien und den in wilder Flucht umgestürzten Tischchen beim Auftauchen der dreckigen, bissigen Bestien kletterten manche auf die vom Novemberregen rutschigen Bäume, und andere hangelten sich an den Laternenpfählen hoch, derweil diese farblosen Köter ihren Weg zu unergründlichen Zielen unbeirrt fortsetzten, mit hechelndem Atem und der dringlichen Eile unverwüstlicher Hungriger.

Signor giudice, schließlich wurde der Notstand mit verordneten Ausgangssperren ausgerufen, mit Soldaten in den Straßen der dankbaren Stadt, um der Überfälle der Hunde Herr zu werden.

Die öffentlichen Ämter schlossen mittags ihre Schalter, weil man in den chaotischen Überfällen eine wiederkehrende Ordnung und eine Pünktlichkeit erkannte, die zwar verlässliche Chancen auf Rettung boten, uns aber in der Furcht der auf ihre Verheerungen synchronisierten Uhren leben ließen.

Und wir, Signor giudice, im Dunkel unserer Blindheit der Unterjochten, konnten nicht ahnen, ob diese biblische Katastrophe irgendetwas mit uns zu tun hatte oder zum natürlichen Lauf der Welt gehörte, und welche Rolle wir in dieser kiefermalmenden Verheerung spielten, in der nach jedem Überfall Hundezwingergestank und schmutziger Raubtierschweiß die Luft erfüllten.

Auch wir stellten ihnen nach, bewaffnet für die Safari des großen Abschlachtens, und suchten sie mit dem Spürsinn des sonntäglichen Jagdvergnügens unserer Hunde. Wir gingen die bereits zerstörten und verwaisten Straßen entlang, wo man in Feldlazaretten die Wunden der letzten Verwüstung verarztete, überquerten die städtischen Sümpfe der Papyrusviertel, die unsichtbaren Flüsse, die in süßen, klaren Strömen friedlich und zeitlos an den aus Hafensand errichteten Betonburgen entlangstrichen, überwanden Schutzwehre, ließen die zyklopischen Totems hinter uns, die die Nekropole eines ausgelöschten Volkes bewachten, und fanden sie, Signor giudice. Auf einem großen Platz unergründlicher Zeiten hockten sie friedlich dösend in der Sonne und beschleckten einander in arglos hündischer Brüderlichkeit, mit dem feuchten, mitleiderregenden Blick eines versprengten Rudels, und da begriffen wir, Signor giudice. Es waren arme, elende, wahnsinnig gewordene Köter, die vom Kurs ihres Leitsterns im Sternbild des Hundes abgekommen waren – auf ewig verwirrt durch die Essensgerüche der ungeheuerlichen Stadt, die sie in labyrinthischen Irrgängen aus Beton und Glas gefangen hielt, denen sie in ihrem panischen Lauf nicht zu entkommen vermochten – und von den endlosen Steppen ihrer vertrauten Gletscher, von unermesslichen Nadelwäldern, dem grenzenlosen Himmel und den unendlichen Revieren freier Tiere träumten.

Wir brachten sie mit vergifteten Fleischbällchen zur Strecke wie lästige Gassentölen und machten der unnatürlichen Plage ihrer Gegenwart für immer ein Ende.

Das Hundemassaker setzte uns stärker zu als unser gewohntes Gemetzel, weil wir erkannten, wie sich die verwesenden Leichen dieses ziellos umherziehenden Rudels und die ob ihres vom Schicksal gewollten gewaltsamen Todes ermordeten Männer glichen: dieselbe Stille, dieselbe farblose Leere in den lichtlosen Augen, derselbe gleichförmige Tod, der zwischen den Kreaturen keinen Unterschied macht.

Auch die illegalen Einwanderer, die aus undenkbar fernen, nicht einmal versehentlich in den Atlanten verzeichneten Ländern angelandet waren, glichen Hunden, die ihren Leitstern aus den Augen verloren hatten. Sie durchquerten die ganze Welt, um unbegreiflicherweise hierzubleiben, mit den fahlen Gesichtern heimatloser Landstreicher und den von endlosen Reisen verlangsamten Bewegungen. Sie beherrschen keine Sprache, nicht einmal das unverständliche Idiom ihres Stammes, nur eine Mischung aus Handzeichen und Lauten, die allenfalls zum Feilschen ums Überleben mit Brotkanten und Küchenabfällen reichen.

Signor giudice, es waren die Russen auf Fluchtmission aus der verstörenden Unendlichkeit ihrer eisigen, kargen Heimat, die ihren Plunder auf den Decken verramschten, unter denen sie auf den Gehsteigen schliefen. Symbole des bolschewistischen Traumes mit Anstecknadeln des Leninordens und Heiligenbildchen der Helden der Arbeit als Ehrenabzeichen des Ersten Mais, in einer erbärmlichen Bettelparade, bei der sie sich mit den schwarzen Senegalesen, die wertlos gewordene Münzen aus der Kolonialzeit feilboten, mit den nackten Massai neben ihrem einsamen Korb voller Maniokknollen, mit den Händlern aus den ärmsten Gegenden des Planeten, die nichts als ihre Kinder und ihre eigenen Organe zu verkaufen hatten, Nieren, Augäpfel, den Pimmel zum Pinkeln und das Herz im Ganzen oder stückweise, sofern das Angebot in Betracht kam, und sogar mit den Arabern, die nur in den von Dieseltankwagen belieferten Weinschänken fernsahen und sich die Dialoge der Seifenopern selbst ausdachten, weil sie kein einziges Wort verstanden, um die hundeverpissten Ausstellungsflächen zankten.

Sie hatten sich den simplen Westen und den missverstandenen, saloppen Kapitalismus unserer Breiten ausgesucht, um in diesen urinverdorbenen Gassen schneller, vergänglicher Märkte um Kleingeld zu feilschen.

Aber die Russen, neben den Vergrößerungsgläsern der Geheimagenten des KGB und den Pantoffeln aus dem Fell ihrer Eiszeitwinter, verkauften uns die für breit gefächerte Abmurksereien geeigneten Kalaschnikows und tschechoslowakische Waffen aus dem Warschauer Pakt. In der Drangsal der Flucht hatten sie das Wörterbuch der Marktregeln schnell gelernt und drehten uns Waffen an, die nicht einmal das Geld für die Kugel wert waren und in den Händen explodierten, obwohl sie aussahen, als seien sie seit dem Anbruch des Einmarsches in Prag voll funktionstüchtig, aufpoliert mit dem Fett ihrer arktischen Wale und dem Paraffin, mit dem sie ihre Kremltoten einbalsamierten, doch bei jedem versuchten Hinterhalt versagten die Schießprügel und klemmten im ungünstigsten Moment.

Wir hatten nicht das Herz, sie mit strafenden Knüppelschlägen umzubringen, denn in ihren Augen lag die tiefste Traurigkeit, die wir je gesehen hatten, verblüffte Enttäuschung und höhnische Bitterkeit, als Kommunisten geboren worden zu sein, und die Erleuchtung, dass es auf der Welt keine gerechtere Welt gab, obwohl sie auf ihren heimlichen Irrfahrten zwischen den Kontinenten mit vor Müdigkeit geröteten Augen und dem chronischen Schnupfen ihres ewigen Winters danach suchten.

Signor giudice, sie waren noch trostloser und verzweifelter als unsere Armen, die sich bekreuzigten, wenn sie die ersten und letzten tausend Lire des Tages in die Hand nahmen, sich im Glauben ans nackte Überleben und mit der

Zähigkeit all ihrer Fasern an die Fetzen ihres kummervollen Lebens klammerten, um auf der Welt nichts als einen feuchten Fleck Schweiß zurückzulassen.

Signor giudice, wir waren nichts mehr, seit er uns mit der Dringlichkeit der Niederlage höchstselbst zu sich bestellte, der Präsident unserer Vereinigung in seiner menschlichen Gestalt, obwohl allgemein als sicher galt, er ähnele dem Oger und der blauen Fee, je nachdem, von wo man ihn betrachtete, Mann und Frau in einem, und dass er zugleich empfing und gebar und seine halb menschlichen, halb tierischen Kreaturen aus seinem eigenen Bauch zog, damit keine artfremden Spermien dazwischenfunkten und alles Blut von seinem Blut und Alptraum seiner Alpträume wäre.

Wir erkannten die eindeutigen Zeichen seiner Vaterschaft an uns selbst, und in unserer Gewissheit der Waisen wurde uns bewusst, auf der Welt zu sein dank der Jungfernzeugung dieser herrschaftlichen Kreatur, die zugleich da und nicht da war, denn von ihm gab es kein anderes Bild als ein verblichenes, unscharfes Foto, auf dem man einen kleinen Jungen von fünf oder sechs Jahren erahnte, niedlich in seiner besonnenen Pose, dem weißen Kittelchen, mit dem verlorenen Blick, der auf etwas außerhalb des Bildausschnittes, hinter dem Fotografen und für immer ins Abseits gerichtet ist.

Er war es, Signor giudice, der uns mit seiner Mann-Frau-Stimme erzählte, in der Schlaflosigkeit seiner Weltherrschaftsplackerei habe er unsere Zukunft gesehen, in der wir fliegende Busse führen und die Straßen ausschließlich von streunenden, herrenlosen Kötern bevölkert wären. Er hatte die blasse Sonne unserer vom feinen, europäischen Nebelschleier des eroberten Binnenmarktes gemilderten Sommer gesehen, er hatte die Stadt der Hundertjährigen gesehen, in der sich die Kinder weigerten, auf die Welt zu kommen, obschon man sie gewaltsam in sterilen Genlaboren zeugte, er hatte die Neuerungen gesehen, die die neue Zeit gebracht hatte. Doch waren das nur die Äußerlichkeiten der fortschreitenden Zeit, unsere Uhr war viele Jahrhunderte zuvor stehen geblieben. Wir lebten in einem Zwischenreich des Nichtvorhandenseins, weil er uns gesehen hatte, Signor giudice, es waren noch immer wir, die das Netz der Welt spannten, mit den Methoden unserer jahrhundertealten Niedertracht, mit unseren bei wüsten Raufereien ins Fleisch getriebenen Narben, den üblen Machenschaften des Überlebens, er hatte gesehen, dass wir noch immer mit dem modernen Gerät des beschleunigten Todes töteten, bei dem die richtige Dosis Hass genügte, um das Opfer sterben zu lassen.

Die Überreste unserer Gassenhäuser hielten noch immer stand, die Kellerlöcher des Vergessens, die Reserven armer Schlucker, die wir nur zu den Feiertagen aßen, wenn wir vorstellig wurden, um eigennützige Gefallen zu tun oder Bettelempfehlungen zu geben; er hatte unsere unvergängliche Dürre berührt, den atavistischen Schirokko, er hatte gesehen, dass sich an unserer Zukunft der Herrschaft der Welt nichts geändert hatte, und noch immer leitete uns der auf die Routen der Zukunft gerichtete Computerkompass.

Er war der Mann Gottes, der Mann unserer Geschichte, der Cäsar unseres unsterblichen Reiches. Wir begriffen, dass jedwede von ihm getroffene Entscheidung, jedweder wahnsinnige und der Logik der Welt und der Moral zuwiderlaufende Befehl den unergründlichen Wahrheiten der Evolution und der Geschichte gehorchte, die sich durch ihn zu erfüllen beschlossen hatten.

Wir empfanden uns als Werkzeuge, als Zahnräder des bereits geschriebenen Schicksals, da es kein anderes gab, verantwortlich für den universalen, noch unlesbaren Plan, der das lange Werden des Mythos und der epochalen Metamorphose verlangte.

Auf dem Höhepunkt unserer Tragödie eröffnete er uns, was in ebendiesem Moment in einem von einer ganzen Armee in Kriegsmontur in den Blick genommenen Reinigungsmittellager vor sich ging, wo einer wie wir aus den gleichen unerfindlichen Gründen, aus denen man geboren wird, die absolute und befreiende Wahrheit unserer Weltherrschaft sang.

Signor giudice, dieser missratene Sohn der Vereinigung verkehrte die Formel seines genetischen Fingerabdrucks in Selbsthass, er wusste nicht mehr, zu wem er gehörte, konnte seine Herren nicht mehr auseinanderhalten, die wahren Verbundenheiten nicht mehr von den falschen des gerichtskundigen Verrats, des auf Nachfrage Antwortenden unterscheiden; von einer Identitätskrise ergriffen, in der er Wahres und Wahrscheinliches samt dem schlecht verdauten Essen seiner Rache auskotzte. Der Erste, der die Konsequenzen zu spüren bekam, war er selbst. Ganz ohne Taufe hatten sie ihm einen anderen Namen gegeben, dazu andere Verwandte, ein anderes Gesicht und einen anderen Ort als den, an dem er geboren war, um dort zu sterben.

Er erzählte von uns und von sich und beschuldigte sich, indem er uns beschuldigte, er erzählte das Märchen der pyramidenförmigen, geheimen Hierarchien samt Namen und Nachnamen unmöglicher Verwandtschaften, als wäre er eingeschlafen und könnte aus seinem sprechenden Alptraum nicht erwachen, in dem er sich mit dem Verrat an uns verriet, Signor giudice. Er begann mit der Zerstörung seiner eigenen Zellen und zerschlug dann ohne Unterlass die unseren, während wir seine sieben Kinder, seine Brüder, seine Schwestern, den Vater und die Mutter, sämtliche Verwandte und jene, die versehentlich seinen Namen trugen, einen nach dem anderen umbrachten, damit man wenigstens über die Blutsbande zu seinem Blut vordrang, Signor giudice.

Er hatte den Faden seines Lebens verloren, Signor giudice, und er redete, als wäre er bereits tot, und aus dem Jenseits seines bewachten Verstecks fuhr er fort, im Tintenstrahl des Urkundsbeamten, der alles ohne einen Schauder des Ekels schwarz auf weiß festhielt, von uns zu erzählen, mit der Beharrlichkeit eines Automaten, dessen Stecker man nicht ziehen kann, mit einer zerstörerischen Fähigkeit, die unsere Vorstellungskraft übertraf, und am Ende kamt ihr uns suchen und fandet uns mit der Sicherheit eines Treffers ins Schwarze. Er skandierte seine Erzählung im Takt der Rache, Signor giudice, und gelähmt vor Staunen über diese ungeschminkte, nüchterne Wahrheit, hörten wir zu.

Aus seinem Versteck zählte er die Schläge unseres Herzens mit göttlicher Präzision, und wir Flüchtigen stellten sicher, dass die Zählung aufging und er nicht die gestammelte Wahrheit der Irren und Verblödeten verbreitete, sondern den getreuen Bericht unseres Lebens.

Es war seltsam, uns aus seinem Mund erzählt zu hören, im großen Gerichtssaal, wo er aufgerufen war, uns mit seiner eintönigen Tonbandaufnahme der Wahrheit festzunageln, mit dieser Stimme, die aus dem Reich der Toten kam, um unser Blut zu fordern, Signor giudice.

Er hatte die durchscheinende und zugleich bleierne Aura eines Verstorbenen und trug eine dunkle Brille, um seine leeren Augenhöhlen zu schützen, Signor giudice, denn man erzählte sich das Märchen, er habe sich sechs Monate zuvor in seiner Zelle der Buße erhängt, aus entsetzlicher Verzweiflung ob der zerstörerischen Größe seiner kommenden Tat.

Er war zur wandelnden Wahrheit geworden, die wir anstarrten wie ein Gespenst, Signor giudice, er war ein Gespenst, ein geschwätziger Schatten, den wir nie und nimmer würden aufhalten können, erst recht nicht, indem wir ihn umbrachten, Signor giudice, denn er war bereits tot.

Er erzählte alles und bewahrte sich weitere grausige Wahrheiten für später auf, mit der Klugheit der Toten, die wissen, dass sie alle Zeit der Ewigkeit haben.

Die besoldeten Richter taten so, als würden sie ihm nicht glauben, entsetzt von der Sturzflut an Wahrheit, denn er fing an, mit seinem unermüdlichen Totenfinger auch auf sie zu zeigen und in den Strom seiner Enthüllungen hineinzuziehen. Aus ihrem Zylinder der willkürlichen Rechtsprechung zauberten sie die rechtliche Unmöglichkeit seiner Aussage hervor, weil die Toten laut Artikel X Absatz Y nicht reden. Doch er redete, Tag und Nacht, ohne Essenspausen, ohne Unterbrechungen, um die Notdurft der Lebenden zu verrichten, und erschöpfte die Urkundsbeamten, die gezwungen waren, alles per Hand mitzuschreiben und qua Grausamkeit der gerichtlichen Formeln gegenzuzeichnen.

Im bangen Eifer, alles mitzubekommen, gingen ihnen große Teile seiner Wahrheiten verloren, sie versuchten, ihm bei den Passagen der Übergaben von einem zum Nächsten aus dem Gedächtnis zu folgen, während die Tonbänder der ganzen Welt seine denkwürdige Totenstimme aufzeichneten, die nie erlahmte, nicht einmal aus Mitleid, als die Schreiber vor Müdigkeit allmählich in Ohnmacht fielen, und weil die besoldeten Richter ihn nicht zum Schweigen zu bringen vermochten, erteilten sie die strikte Anweisung, ihm nicht zuzuhören, Dies ist eine gerichtliche Anordnung. Doch obwohl sie allen die Ohren zuhielten und die Tonbänder verbrannten, drang seine Stimme bis in die Köpfe, selbst in die der Gehörlosen und der Geschworenen, und machte die unannehmbare Wahrheit auf diesen noch jungfräulichen Tonbändern, die kein Abspielgerät brauchten, unsterblich.

Es wurde verfügt, ihm den Mund zu stopfen und ihn unter keinen Umständen reden zu lassen. Doch sosehr man sich bemühte, ihn zum Schweigen zu bringen, wartete er mit einer noch wundersameren Bauchrednerstimme auf und steigerte seine allverständlichen Wahrheiten zu ohrenbetäubender Lautstärke, Signor giudice. Sooft man mit Erschießungskommandos seinen Selbstmord vortäuschte, starb er nicht, denn er war bereits tot. Es war nichts zu machen, wir mussten gegen unseren Willen zuhören, in einem Verhängnis nie gehörter Stille, Signor giudice, und er redet noch immer, erzählt unsere Wahrheit dieses Augenblicks und gibt den noch ungeschriebenen Kapiteln der Zukunft eine Stimme.

Wir waren nichts mehr, Signor giudice. Seit sich die Katarakte des Geständnisses ergossen, lebten wir wie verletzte Tiere und unterteilten unsere Herrschaftsbereiche in Gebiete der Angst und der Freiheit, denn ihr suchtet uns mit dem Spürsinn der Hunde und den auf den Fluss unseres Blutes geeichten Metalldetektoren.

In dieser Explosion der Wahrheit, der Wiederauferstehung unserer bösen Erinnerung, zwangt ihr uns, in der Lüge zu leben, dem Fleisch von unserem Fleisch überlebensnotwendige Falschheiten zu erzählen, wir würden dahin gehen, obwohl wir uns dorthin bewegten, wir würden schlafen, obwohl wir über unsere Angst wachten, heute würde die Sonne scheinen, obwohl es das Wasser unserer neuen Ära der Entkommenen in Zeiten der Lügen regnete, und ganze Dynastien auszulöschen, die den Namen der rückhaltlosen Denunzianten trugen, wieder mit der gewohnten Grausamkeit der Vergeltung zu schießen, in einem noch nie da gewesenen Szenario der Abmurksereien, Signor giudice, ohne Strategie und ohne Plan. Wir töteten, um die Hälfte unserer kranken Seele auszumerzen, in der totalen Auslöschung des Krebsgeschwürs durch eine Amputation unseres Selbst, bei der wir das befallene Organ ganz herausrissen, Signor giudice.

Für diese Knochenbrecherchirurgie erprobten wir neue Waffen, die ausknipsen sollten, wer redete und wer zuhörte, um die Komplizenschaft des Dialogs zu brechen, um die Worte in ihrer Bedeutung zu ersticken. Über dieselben Ostrouten, über die einst der Reichtum der Morphinbase zu uns gelangte, erreichten uns nun die Bazookas, mit denen alle unseren Aufruhr zu spüren bekämen, es kam das TNT der Guerillakriege, das die schriftliche Ordnung unserer Anklagen ins Chaos stürzen würde, es kam das angereicherte Uran unserer Atombombe der letzten Gewissheit der Absolution, es kamen tödliche Waffen mit unbekannter Zerstörungskraft, in einem explosiven Handel, der bereits im Einvernehmen mit dem Zoll unserer urzeitlichen Geschäfte durch frühere Gefallen beglichen war.

Signor giudice, wir bewaffneten uns, weil ihr euch mit der neuen und mächtigen Waffe des ausgehebelten Schweigegebots bewaffnet hattet, und je reiner die Wahrheit wurde, desto heftiger wurden unsere mörderischen Absichten, wir taten euch unseren verzweifelten Unwillen kund und ließen euch unbewachte Waffenarsenale finden, uralte Maschinengewehre und Kanonenkugeln, Geschosse eines Krieges, der kurz vor dem Ausbruch stand und den wir mit der Sprache der Mahnungen aufschoben.

Die Klügsten begriffen, dass sich die lange Welle unseres von der schlagbereiten Hand zerzausten Fells zu sträuben begann.

Und wir murksten dich ab, Signor giudice, alter Freund

und Spießgeselle, endgültig und auf unwiderrufliche Weise, auf dass kein weiterer Störenfried zur Welt käme und sich der Samen von Männern wie Ihnen verlöre, die nichts zu verlieren haben, ohne Hand und Fuß, ohne Freunde oder echte Feinde, Signor giudice.

Gemäß deiner geburtlichen Bestimmung, zerfetzt zu sterben, murksten wir dich mit dem größtmöglichen Getöse ab, um dich für immer taub zu machen und sämtliche Gedankenkanäle zu zerstören, die vom Ohr zum Hirn und von den Augen zum Herzen führen.

Der Atompilz war so hoch und das alles erfassende Erdbeben so markerschütternd, dass die feinen Antennen der Seismographen am anderen Ende der Erde anfingen sich zu fragen, woher dieser Erdstoß abgrundtiefer innerer Zerstörung rührte, und die schlummernde Lava der erloschenen Vulkane suchte sich ihre alten unterirdischen Wege, floss über die Straßen der schlafwandelnden Toten und brachte sie in ihrem ewigen Schlaf aus dem Tritt, drang bis in die oberen Schichten der frischen Toten im Stadium schlummernd hingestreckter Leiber und stieg bis zu den lebend Begrabenen, um glühend aus den seit Jahrtausenden wartenden Kratern zu brodeln und die geologischen Zeitalter in einem Chaos der vorzeitigen Apokalypse verschmelzen zu lassen.

Es war das Ende der Welt mit den Trompeten der himmlischen Heerscharen, das allgemeine Antreten zum Rapport der Seelen mit allem Drum und Dran, Signor giudice.

Die Verheerungen des Erdbebens bis unter die Stützpfeiler unserer feindlichen Herzen waren so riesig, dass wir das Weltende nicht bemerkten und in der unbewussten Bitterkeit eines unwirklichen, gottlosen Lebens weiterlebten. Wir nahmen nur eine leichte Veränderung des Klimas und der Sprache der Rechtsverdreher wahr, die mit der Umsicht ihres feinen Verstandes begannen, sich von der Wahrheit des Denunzianten zu distanzieren, Es ist nicht alles Gold, was glänzt, man braucht Belege, trotz der nachweislich belegten Geschichte der ausgelöschten Welt.

Uns beruhigte der unerschöpfliche interne Krieg der Staatsanwaltschaft, den wir mit bewährten Giftgaben nährten und die offensichtlichen Verdienste unserer Verfolger mit der willenlosen Unwissenheit der besoldeten Richter untergruben, so dass ihr das klare Ziel aus den Augen verlort, über die Trugbilder eurer Wüste der Einsamkeit ins Stolpern gerietet, als die Fakten zu Vermutungen wurden und die Logik zu Verblödung. Und ihr saht einander an, wie wir uns ansahen, mit dem Argwohn im Angesicht der Falle, und suchtet vergeblich nach dem entscheidenden Ansatz, in klaustrophobischer Angst nicht zu wissen, wem man diese Wahrheit erzählen sollte, die einem die Finger verbrennt, wem man sie anvertrauen sollte, nicht zu wissen, ob diese herausgefundene Wahrheit ein Gutes oder ein Schlechtes ist. Wir lähmten euch mit Unsicherheit, wiegten euch im Zweifel, um Zeit zu schinden, nachzudenken, die Fäden derer, die für und die gegen einen sind, neu zu verknüpfen, im Auf und Ab von Beförderungen und Mahnungen, von Zwangsversetzungen und Ermittlungsübernahmen. Es war das reinste Chaos, Signor giudice, denn euer zermürbtes Gemüt zog es vor, sich dem Sturmwind zu fügen, als aufrecht zu stehen und ihm zu trotzen.

Wir verabreichten der bestehenden Weltordnung, die sich wehrte, Chaos auslösende Pillen, und fingen an, die Uniformen der Bullen und Carabinieri und aller Truppengattungen und Bruderschaften zu klauen, die sich in Uniform zeigen mussten, und ließen euch den Schriftverkehr der Dienstvermerke in Unterhosen und Unterhemd erledigen.

Wir klauten euch die Schreibtische, an denen ihr eure schlichten Berichte an das Oberkommando verfasstet, Die lassen hier alles verschwinden, sogar den Stuhl, auf dem ich gesessen habe, Signor commandante, wir wissen nicht mehr, wo wir unseren Arsch lassen sollen, und Scheiße noch eins, sogar die Schreibmaschine haben sie mitgehen lassen, Signor generale, wir sind nackt und warten noch immer auf Befehle.

Wir klauten euch all die Lächerlichkeiten eurer Bürokratie aus Tinte und Behördenformularen, die Stempel und Passierscheine, die Sirenen auf den Einsatzfahrzeugen, die roten Streifen auf den Hosen der Carabinieri. Signor giudice, wir ließen sie ohne Zugehörigkeitszeichen zurück, und um einander zu erkennen, mussten die Carabinieri ein farbiges Armband tragen, die Polizisten einen Ohrring und die Zollfahnder ein X auf der rechten Wange.

Wir stürzten euch ins Chaos eurer Hypochondrien, klauten euch die Rangabzeichen, Kragenspiegel und Schulterstücke, damit alle wussten, dass unser Land eine hoffnungslose Posse war, mit verblödeten Generälen, die sich von Feldwebeln Befehle erteilen ließen, mit Gefreiten, die sie Obersten erteilten, in dem alle sich als Vorgesetzte aufspielten, weil es in der Armee immer besser ist, zu kommandieren, als zu gehorchen.

Signor giudice, es war uns gelungen, euch sogar die Freude am morgendlichen Erwachen zu vergällen, euch den Korpsgeist und auch die Würde der kleinen Übungsmärsche der Rekruten in Unterhosen zu nehmen, deren nackte Fersen beim Salutieren vor ihren zum flüchtigen Eintagskommando berufenen Vorgesetzten mit dem Geräusch knackender Knochen auf das harte Kasernenpflaster schlugen.

Es gelang uns, die drei Farben der Trikolore in einen wirren Regenbogen zu verwandeln, so dass ihr nicht mehr wusstet, welche Fahne ihr am Mast der Kaserne, auf den öffentlichen Gebäuden des 25. April, auf dem Polizeipräsidium des alten Freundes nachmittäglicher Jagdpartien hissen solltet. Jeden Tag versuchtet ihr euch an die richtigen Farben in der richtigen Reihenfolge zu erinnern, im sinnlosen Ritual des Fahnenappells und mit den ausländischen Konsuln, die Protestbriefe schrieben, weil, Signor giudice, beim Zusammenstümpern der Nationalflagge die drei Farben eines anderen Landes gehisst wurden. Und sie holten sie wieder ein, voller Verstörung, nicht mehr zu wissen, Was zum Scheißdreck machen wir hier in Unterhosen, am Fuß dieses sinnlosen Mastes einer in unserer Erinnerung der Staatenlosen auf ewig verlorenen Fahne.

Wir vertauschten die Tonbänder mit der Nationalhymne für die offiziellen Amtseinführungen, für die Kolonialbesuche der Präsidenten und Premierminister und die weltweit übertragenen Fußballspiele, wenn die aufgereihte Mannschaft und die wartenden Zuschauer mit Marmelis Operettentröten rechneten und stattdessen die Klänge einer schwofigen Mazurka mit Casquè ertönte, den man sich im bunten Der Ton macht die Musik beim Tango ausgeborgt hatte.

Wir nahmen euch alles Vertraute, damit ihr die Koordinaten eurer Existenz verlort.

Signor giudice, zuerst klauten wir euch die Obelisken von den großen Plätzen und dann die Plätze selbst. Wir radierten die Straßennamen neuer Märtyrer aus, zu denen sie durch unser Betreiben geworden waren, wir verhüllten die Gebäude, die euch in der Verlorenheit der entleerten, weglosen Stadt als Orientierung dienten, wir klauten euch die Madonnen auf den Altären der Kirchen und die Marmorengel der Kathedralen.

Mit Rasierklingen nahmen wir euch Caravaggios Christi Geburt, in einem Meisterwerk überstürzter Flucht, die es abseits des Seeweges in unsere unzugänglichen Gegenden brachte, wir klauten euch die Kapitelle, die Statuen und die Opernhäuser, damit ihr keinen anderen wirren Zufluchtsort mehr hattet als die trostlosen, kranken Vororte eurer Gewohnheitswüsten. In dieser plündernden Raserei ohne Ziel und Nutzen beklauten wir euch einen nach dem anderen, während ihr auf Besuch des Nichts-Neues durch die tausendjährige Stadt spaziertet und nach einer flüchtigen, vergessenen Erinnerung suchtet und euch erinnerungslos auf den Grund des Meeres sinken ließet, dem wir mit unseren Schleppnetzen des Nach-uns-die-Sintflut bereits alles Leben entzogen hatten. Das, was wir wegen immanenter Unbeweglichkeit nicht in unseren Beutezuglastern transportieren konnten, sprengten wir mit ein paar Ladungen TNT in die Luft. Wir steckten euch ein einziges Kilo unter den Turm von Pisa, der schief und schwer ist, aber niemals fällt, und brachten ihn mit einem Knopfdruck auf den Fernzünder zu Fall.

Signor giudice, wir waren nichts mehr. Seit es nichts mehr zu rauben und zu zerstören gab und im Wirrwarr des Nichts in Trümmern nur unser Gefängnis jahrhundertealt widerstand, das niemand mehr leitete, weil auch die Vollzugsbeamten verschwunden waren, die ihre Wachhäuschen leer und die Strafgefangenen hungrig und allein zurückgelassen hatten. Die versorgten sich selbst und kochten sich eine warme Mahlzeit in der Kantine, die sie aufgeräumt und von Ratten und Kakerlaken befreit hatten, denn dem Gefängniskoch ist die Sauberkeit für die Gefangenen scheißegal.

Sie gewährten sich selbst eine Stunde Freigang im alten Hof, kehrten gemäß der uralten Gewohnheiten in ihre Zelle zurück und schlossen die Eisentür aus Angst vor dem Nichts, das sie von außen umgab.

Zu Weihnachten organisierten sie wie üblich eine Gefangenentombola und hielten den Hauptgewinn nach einvernehmlichem Brauch für den tausendjährigen Gefangenen zurück, der die längste Strafe absitzen musste, zu Silvester stießen sie um Mitternacht mit Likörwein an, verabschiedeten das alte Jahr mit Applaus, denn endlich war es vorüber, und legten sich wieder in ihre Zellen, um ihre Sünden abzubüßen.

Die Gefangenen waren die Einzigen, Signor giudice, die sich an das Verstreichen der Zeit erinnerten, weil sie ihre Verbrechen daran knüpften und für ihre zu verbüßenden Strafen mit der Währung der Zeit bezahlten.

Die Stadtbewohner hatten sich wegen der raubwütigen Plünderung und des TNT, das wir gebraucht hatten, um alles Gebaute zu zerstören, auf die Berge geflüchtet. Von Weitem sahen sie das Gefängnis unserer Strafe, das niederzureißen wir nicht übers Herz brachten, unversehrt und ungeheuer, aufrecht inmitten der Bombentrümmer, mit der Fahne der bußfertigen Gefangenen, die einsam im Luftzug der Explosionen flatterte.

Sie begannen, sich wie wilde Tiere in Rudeln zu sammeln, und wir sahen sie die Stadt des Nichts durchqueren, als zögen sie über das Meer, in geraden Linien, denn es gab keine Straßen und Ecken mehr, es gab keine Kreuzwege und Straßenwärterhäuschen mehr, nur die Fährte ihrer Gegenwart.

Sie schleiften ihren geborgenen Hausrat hinter sich her, die Lumpen, die sie vor der Plünderung hatten retten können, und erkannten in der Topografie der zerrütteten Stadt, die wie ein in den Boden gestanztes Leichentuch dalag, die Wege ihrer Erinnerung, die alten Kirchen ihrer Opfergebete, die Puffs der Gassennutten mit dem roten Licht singender Sirenen, das Rathaus ihrer verzweifelten Warteschlangen, die Mietshausprojekte, die unfertig geblieben waren, als sie noch standen, und die der Plan der Explosion fertiggestellt und überarbeitet hatte, die rauchschwarzen Körperabdrücke toter Bekannter, die sie wiedererkannten, Onkel Totò, der Grindige, und sogar das fliehende Profil des Irren aus den Bussen, der sein ganzes Leben damit zugebracht hatte, in die öffentlichen Verkehrsmittel ein- und auszusteigen, aus lauter Angst stehenzubleiben.

Und in einem entsetzten Schauder erkannten auch wir, Signor giudice, das unscharfe, verwischte Negativ vom Profil unseres grausamen Vereinspräsidenten, auch er war aus irrtümlichem Versehen mit der ganzen Stadt zusammen in die Luft geflogen, und wir folgten den Umrissen seiner Mann-Frau-Erscheinung, der kindlichen Physiognomie des Kittelchens auf dem einzigen, von der Gewalt der Explosionshitze in den Boden gestanzten Foto.

Wir waren ebenso bestürzt wie die wilden Menschenherden, die ihn, ohne ihn je gesehen zu haben, wiedererkannten, und wir fragten uns, wer nun die Welt regierte, wer die übermenschliche Fähigkeit besäße, das Mosaik unserer Zukunft zu lesen, da er tot war wie alle anderen, ohne Erben zu hinterlassen, trotz des Wunders der Jungfernzeugung.

Wir folgten den Spuren der Bombardierung, entdeckten in Häufchen von Staub alte Freunde und neue Feinde, bis wir zum Gefängnis der Buße kamen, das bereits zum Nabel unserer explodierten Welt geworden war, mit den Schmieden und Handwerkern, die in ihren für den Wiederaufbau ausgestatteten Zellen schufteten.

Sie hatten eine Wiederaufbaufabrik eingerichtet, die sich nicht auf die Rekonstruktion der alten Stadt beschränkte.

In der nackten Gefängniskapelle wurden zwanzig Jahre zuvor gefeierte Hochzeiten gefeiert, die die Explosion in Wohlgefallen aufgelöst hatte. In einer Zelle wurden die Kinder geboren, die bereits geboren worden waren, jedoch ins Leben zurückkehrten, um von vorn anzufangen, als hätte Gott uns die Absolution für unseren Lebensverdruss erteilt und uns eine zweite Chance gegeben.

Und wir, Signor giudice, waren ganz benommen von dieser Explosion an Dingen, die es zu tun und zu erneuern gab, vom Lass uns die riesigen Steine im Hafen wieder an ihren Platz rücken und die Statuen der Heiligen und der Apostel der Kathedrale wieder aufrichten über Lass uns das Labyrinth der beklemmenden Gassen und die Stimmen des Marktes wiederherstellen, die Häuser wieder aufbauen, die wir verhüllt hatten, um den Orientierungssinn zu verwirren, und Lass uns das gleißende Sonnenlicht von den aufgewirbelten Staubschleiern der Massaker befreien bis hin zum Lass uns uns selbst wiederherstellen, Signor giudice, und unsere Väter und unsere Mütter, denn bestimmt hat es in der Schöpfung einen Flüchtigkeitsfehler gegeben.

Und als wir uns wiederherstellten, wurden wir wieder genauso, wie wir immer gewesen waren, und wir erkannten uns in unseren Narben und unseren Gefängnistätowierungen, wir betrachteten uns wieder in der Falltür hinter den Augen und entdeckten die Vernichtungslust.

Wir bauten die Stadt wieder auf, Signor giudice, entlang der unvergänglichen Linien ihres tausendjährigen Altertums und auf neuen, nie da gewesenen Vorortstraßen. Wir errichteten Rentnersiedlungen und Wohnhäuser auf den

Schafställen der Hirten, die noch immer die Schafe molken und ihre Milch zu Ricotta rührten, obwohl die Stadt sie sich einverleibt hatte. Sie trieben ihre Herden durch die von schnellen, eiligen Autos verstopften Straßen und suchten Weidegrund in den Vorgärtchen der Erdgeschosswohnungen und in den Häuschen der Kinder im Kinderwagen.

Wir bauten die neue Stadt, die wir nie gesehen hatten, wo sich einst die magischen Orte der Menschenopfer erhoben, die sarazenischen Wachttürme, die Tempel verschwundener Religionen von Göttern im Ruhestand, die mythischen Ausgrabungsstätten, die unter den Kellern der Mietskasernen begraben bleiben werden, in denen man die Fahrräder der Erinnerungen und das Alteisen der Jugend aufbewahrt.

Signor giudice, wir bauten die Stadt wieder auf und ließen sie aussehen wie alle anderen, damit sich ihr Schicksal unheilbarer Krankheiten mit dem Schicksal der identischen Städte vermischte, wir hatten den gleichen Asphalt und die gleiche Zementfarbe, die gleichen elektrischen Straßenlaternen und Gehsteige aus Basalt.

Signor giudice, wir waren den anderen Städten der Traurigkeit so zum Verwechseln ähnlich, dass die Amerikaner, als sie das zweite Mal landeten, um uns zu befreien, unsere Stadt auf ihren nach Kriegsluftaufnahmen rekonstruierten Karten nicht wiedererkannten. Sosehr sie sie drehten und wendeten, die Vermessungsdaten wollten einfach nicht übereinstimmen.

Es waren die reichlich verspätet gelandeten Amerikaner, die sich auf dem stürmischen Meer der Befreiung fünfzig

Jahre zuvor verirrt hatten, von Küste zu Küste sprangen und von ungastlichen, hämischen Völkern, die ihnen unmögliche Routen wiesen, wieder aufs Meer zurückgescheucht wurden.

Mit den Landungsfahrzeugen des obsoleten Krieges, die verrostet und zu Flößen verkommen waren, die das Wasser kaum trug, stachen sie wieder in die gefährliche See und befreiten bereits befreite Länder, bis sie mit durchdachter und umsichtiger Invasionsstrategie unseren Containerhafen erreichten, samt ihren zerlöcherten Rettungswesten, den algenbewachsenen Helmen, den meersalzverkrusteten Maschinenpistolen, den Gewehrläufen, an denen ein Nylonfaden baumelte, um sie als Angel zu benutzen. Wir sahen zu, wie sie uns in der zweiten Phase ihres Plans einzukreisen versuchten, wie sie sich mühten, ihre Tarnhosen nicht herunterrutschen zu lassen, weil der Gürtel vor Jahren verloren gegangen war, und mit dem Funkgerät ins Leere funkten.

Signor giudice, sie näherten sich torkelnd, wegen der allzu langen Zeit auf See, und fragten uns in ihrer Yankeesprache, ob wir zufällig die Panzer mit den Raupenketten und dem Stern der alliierten Befreiungstruppen hätten vorbeikommen sehen. Signor giudice, wir riefen unser hundertjähriges Vereinigungsmitglied an, der vor Parkinson zitterte, und schoben ihn im Rollstuhl zur Soldatenschar auf Landpartie, und er erzählte, ja, vor einiger Zeit habe er lärmende Panzer gesehen, gesteuert von schwarzen Türken, die ihm beigebracht hätten, den Boogie-Woogie zu tanzen. Sie taten einen Seufzer der Erleichterung, endlich konnten sie wieder zum Gros der Landung stoßen, und fragten nach der Marschrichtung. Unser hundertjähriges Mitglied deutete mit dem zitternden Zeigefinger als wirre Angabe auf die Berge des Hinterlandes, und im Zickzack brachen sie auf, um uns zum zweiten Mal zu befreien.

Signor giudice, wir waren nichts mehr, trotz des Wiederaufbaus, der die Wüsten der Erinnerung gefüllt hatte, denn die Stadt schien unserer Wehmut bis aufs Haar zu gleichen, trotz der mühseligen Gleichmachung, die die Vorstädte mit den breiten, löcherigen Straßen, den Mietskasernen, die außen aus Zement und Eisen und innen aus Rigipswänden bestanden, trostlos und unerträglich machte, ebenso widerlich wie die zeitlosen Gassen des Zentrums, die die Feuchtigkeit des ewigen Meeres am Nabel der Welt ausdünsteten.

Wir schliefen den Schlaf klammer, von Salzkristallen rauer Betten, weil wir der See Raum genommen und sie mit den Trümmern der unauslöschlichen Kriege und unseren jahrhundertealten Exkrementen zurückgedrängt hatten. Und jeden Morgen stellten wir fest, dass das Wasser sich zurückgezogen hatte, nicht aus eigenem Abscheu, sondern wegen der Ellenbogenstöße nächtlicher Müllmänner, die mit Eimerladungen voll Abfall neue Räume für die auf Stelzen aus Unrat errichteten Pfahlbauten eroberten, wo die Nilkrokodile auf unfreiwilliger Dienstreise nisteten, weil es für unsere Geschäfte bequemer war, sich das lebende Tier zu besorgen, um es von unseren unterbezahlten Gerbern unter Drohungen verarbeiten zu lassen, als es fremden Juweliershänden anzuvertrauen, die uns den größten Batzen des Gewinns wegschnappten.

Hin und wieder, Signor giudice, entwischte uns ein Krokodil, das sich an das üppige Leben in unseren Kloaken gewöhnt hatte und den fetten Ratten aus dem Untergrund und den bedürftigen Katzen auf Jagdbesuch auflauerte.

Aus Spaß organisierten wir Krokodilstreibjagden und machten uns aus der Krokodilhaut Lampenschirme, mit Glühbirnen anstelle der Augen für unsere exotischen Hinterzimmer.

Signor giudice, wir waren die üblichen zu Tode Verurteilten, die rotzige Antwort der Geschichte auf die Versuche der Evolution, wir zogen unsere Kinder ohne Kindheit auf, kleideten sie als Neugeborene genau wie uns selbst, steckten sie mit unseren geschmacklosen Moden an, um sie schnell erwachsen werden zu lassen und ihnen die Zerbrechlichkeit ihrer Körper mit der Brutalität unserer lieblosen Rituale auszutreiben.

Wir wurden wieder zu den üblichen lauernden Bestien, Signor giudice, die ausklügelten, wie man dich am geschmeidigsten abmurksen könnte, trotz deiner Armee von Personenschützern, trotz der bewaffneten Wachen im Schlafzimmer deiner kümmerlichen Privatsphäre, trotz des Schlafe-friedlich, Signor giudice, wir platzierten das TNT ganz nah am Herzen, drangen, mit Verlaub, Signor giudice, durch Ihr Arschloch ein, ohne dass Sie es merkten oder auch nur zuckten.

So hatten wir uns wiederhergestellt, weil wir kein anderes Vorbild und keine andere Prägung hatten. Mit Vernichtungslust begannen wir, uns wieder gegenseitig abzumurksen, wegen dämlicher kleiner Abzocken und Beleidigungen, und stellten mit uns auch die ewige Fehde der Menschheit wieder her, wie sie immer gewesen war, wegen läppischer Gockeleien, mit der für alle sichtbaren Heraldik des Befehls und der jäh aufgeschlitzten Kehle zur Klärung der Machtübernahme.

*S*ignor giudice, wir waren nichts mehr seit jenem Maimorgen, als sämtliche Dinge an ihrem Platz waren, ehe das Leben und in zweiter Instanz der Tod sie mit der flüchtigen Ankündigung eines weiteren kurzen Frühlings für immer durcheinanderwarfen, Signor giudice, der den hundertjährigen Flickschuster im Kellerloch mit dem eisigen Eingang in seinem ewigen Winter nicht wärmen würde, der die fruchtlose Vegetation der kümmerlichen Pomelie zu dürrer Existenz antrieb, der das seit seiner sinnlosen Geburt welke und unter der Schminke der gealterten Dirne verblasste Mädchen aus dem ersten Stock mit dem Licht hätschelte, das wie eine Messerklinge durch die Fensterscheiben fiel, während ich dem unverständlichen Alphabet der Frauen in morgendlicher Fröhlichkeit lauschte, die noch nicht in die dumpfe Wut des Nachmittags umgeschlagen war, während mir die Düfte von Kurzgebratenem und die Gerüche ewig köchelnder Tomatensauce in die Nase stiegen, während, Signor giudice, der Tag mit den Begütigungen der Gewohnheit begann, dem Kruzifix über dem Bett, dem Wasserglas für die Linderungspillen meiner ruhelosen Nächte, der Espressotasse in Wacht über meine Todesangst neben der in Friedenszeiten flaniertauglichen Sieben-Fünfundsechziger und den im Wimmelbild des Ungebrauchs auf dem Nachttisch verstreuten Kugeln, während ich den Staub der Luft betrachtete, der sich lebendig und leicht in der Durchlässigkeit des Lichtes bewegte, und die untauglich heisere Stimme des Salzverkäufers vernahm, der in Wahrheit mein Mörder war und fälschlicherweise zwei Päckchen zu tausend Lire ausschrie, obwohl dieser Preis seit Jahrhunderten drei Päckchen seines Wundersalzes vorsah, Kristalle des wunderbaren Meeres, Schatz der Verdunstungen, der die perfekte Waffe meines Todes in Form einer Achtunddreißiger enthielt.

Endlich hatte ich den unlösbaren Knoten gelöst, der den bestialischen Überlebensinstinkt mit der Gewissheit der Intelligenz verband, weil ich die ewige, tröpfchenweise Enttäuschung nicht länger ertragen hätte, meinen Hochmut, die Verschwendung ewiger Zeit des Wartens auf nichts Neues, auf irgendeine Nachricht über das Glück, das sich hier noch nicht hat blicken lassen, nicht ertragen, Signor giudice, trotz dieses letzten Vogelflugs meiner Gewissheit, sterben zu wollen, der mir erlaubte, uns zu sehen wie nur Gott und die Suchhubschrauber der Carabinieri uns sahen, in unversehrter, makelloser Schönheit, damit sie unsere Verzweiflung in den Trümmern der Gassen aus ihrer Wolkenhöhe nicht bemerkten. Begleitet von den Wanderfalken, erstaunte mich die Größe des Himmels, der unendlich war, und die Weite unserer Herrschaftsgebiete, ich sah die in Stein geklöppelte Spitze, die stille Stadt des Paradieses auf Erden, sauber, rein und unschuldig. Im Flug fühlte ich mich wie die Stadt in der Tiefe, aufrecht und leicht wie die

Welt ohne uns, befreit von der Last unserer üblen Gedanken, der Erinnerung bar wie herumziehende Völker, mit all den tönernen Dachziegeln in Reih und Glied, um die einem Kreuz entspringenden Straßen zu schützen, die Hügel, die die unberührte Oase silberner Olivenbäume schützten, die Palmengirlanden auf dem von Engeln tätowierten Körper, hingestreckt an den sommerlichen Gestaden glücklicher Bäder im weiten und gastlichen grünen Golf, wo die Fischer auf den Uferklippen das Meer betrachten, der geografischen Quarantäne und dem Mysterium der Einsamkeit nachsinnen und hin und wieder einen rätselhaften, stummen Fisch fangen, der keine Antwort geben kann, und die Routen der Delfine beobachten, die in Wirklichkeit tote Matrosen sind, ertrunken bei dem Versuch, sich zu retten, weil sie versuchten, das ganze Meer zu trinken. Und dann ist da immer die helle Nachmittagssonne, die uns den Westen weist, nachdem sie uns den Osten gewiesen hat, nicht um uns zur Reise zu ermuntern, sondern aus Höflichkeit und um uns über den Zustand der Unveränderlichkeit auf dem Laufenden zu halten. Ich wunderte mich über die Größe des Meeres und seiner begrenzenden Horizonte und über den unerklärlichen Rhythmus der Wellen, die das gischtende, unerschöpfliche Pergament der Umschiffung aufrollten, Boote, die sich mühsam meeraufwärts kämpften, ohne sich vom Fleck zu rühren.

Ich sah das heillose Durcheinander der wirren Architektur glücklichen Überlebens, das der Gleichgültigkeit des Todes einen weiteren Tag abgetrotzt hatte, und stand unversehens meinem Salzverkäufermörder gegenüber, verblüfft ob der Leichtigkeit der Abmurkserei. Er schob mir die Waffe in den Mund, damit ich stumm stürbe, und drückte ab, denn, Signor giudice, weder mir noch dem Mörder, die wir beide auf diese seit der Teilung des Wassers verstörte Welt gestürzt waren, war ein anderes Mitleid gegeben.

NACHWORT

Ein Mainachmittag Ende der Achtzigerjahre. Im Gefängnisbunker fanden die Verhandlungen des Maxi-Prozesses gegen die Familien statt, die über die Stadt und die bekannte Welt geherrscht hatten. Mein Vater berichtete für die Zeitung darüber, ohne sich einen einzigen Seufzer, eine Geste, ein Blinzeln auf den Bänken oder in den Käfigen der Angeklagten entgehen zu lassen. Derweil übte ich mich noch in der brotlosen Kunst des Theaters und frequentierte die Salons an der Piazzetta Meli, die sich das von Franco Scaldati gegründete Ensemble *Compagnia del Sarto* mit verarmten Adeligen im ewigen Morgenrock ihrer verbliebenen Garderobe teilten. Gegen eine Mietzahlung fanden sich jene Herrschaften damit ab, zu Mittag und Abend mit kärglichen Salaten aus Orangen, Zwiebeln, Fenchel und in Salz eingelegten Sardinen verköstigt zu werden, die wir im letzten Glanz des uralten Marktes und seines ersterbenden Treibens an der Piazza del Garraffo mit dem Messer putzten und in den Spülwassereimern wuschen.

Auch die schüchternen Seelen der ebenfalls schwächelnden, hungrigen Vereinsmitglieder des Circolo Anarchico gingen dort treppauf und treppab. Sie verharrten auf den

Stufen, um an ihren Utopien von warmen Mahlzeiten und einer Zentralheizung zu feilen. Wir studierten Scaldatis *Indovina Ventura* ein. In den Probepausen summte ich die Liebesarie aus der *Zauberflöte* vor mich hin. Im Sommer würden wir das Theaterstück auf den Plätzen der Provinz zur Aufführung bringen. Scaldati war damals ein brotloser Dichter, der hoffte, sich ein paar Lire zu verdienen und damit im kommenden Herbst und Winter über die Runden zu kommen. Er besaß eine Art sechsten Sinn: Er wusste, dass er niemals eine eigene Bühne haben würde.

Ich, der aus weniger armen Verhältnissen stammte, schloss mich ihm aus spontaner Sympathie und beharrlichem Interesse an: Schon als Junge hatte ich mir keine Vorstellung von *Pozzo die pazzi, Cu nesci arrinesci, E si misero il ferro dietro la porta* in den Kellern und Lagerräumen der bombardierten Stadt entgehen lassen, in deren Tuffstein Würmer und Totensagen nisteten. Am Gymnasium nahmen wir Schüler Scaldatis unausweichliche dichterische Dringlichkeit wahr, die Notwendigkeit seines radikalen Dialekts. Wir spürten, wie anders und wahrhaft politisch sein Theater war: Es ging um Ausgestoßene und Abgehängte, vergessen an den Rändern des bürgerlichen Tods, von denen keine Partei, keine Zeitung, kein Autor je erzählte. Auch wir waren Teil seiner unendlich süßen und entsetzlichen Verse, seines zornigen Gebets um Gnade und Gerechtigkeit. Auch wir waren Teil davon, mitsamt unserer jugendlichen und nutzlosen Existenz, die in Scaldatis Worten und ihrem beredten Schweigen Halt und Erlösung fand.

Uns Schülern war es gelungen, ihn zu einer denkwürdigen Aufführung in der Aula des Garibaldi-Gymnasiums zu bewegen. Ich saß am Eingang, verkaufte Eintrittskarten und wachte über die Einnahmen. Scaldati lächelte mir zu. Und ich, der nicht sonderlich schüchtern war, konnte seine stille Zustimmung erhaschen, mich den Schauspielern und Musikern in ihrer rituellen Initiationstrance aus Wein und Gras anzuschließen und darauf zu warten, dass sie auf die Bühne gingen und mit dem Psalmodieren ihrer medialen Liturgie begannen. Sie beschwor in mir vertraute, uralte und vergessene Harmonien herauf, die Kindheit im Haus der Großeltern, die den weichen, geheimnisvollen Zungenschlag anderer Provinzen sprachen, ferne Echos einer Zugehörigkeit, die sich in Kosewörtern, in Namen für Obst und Gemüse, in zahllosen Bezeichnungen für Brot, in Sprichwörtern zum Messen der Zeit und in dem nomadischen, bäuerlichen Staunen ausdrückte, auf diesem einzigartigen Breitengrad der Welt geboren worden zu sein. Dann waren da die Novenen, um die Zukunft zu lesen, die Gebete, um die Gegenwart zu heilen, die Erzählungen, um uns mit der Vergangenheit zu verweben, all unsere Leben zusammenzuhalten und die mündlich überlieferten Weisheiten, die Geschichten, aus denen die Geschichte gemacht ist, umzuformulieren.

... *E sputo controvento scansandomi, lasciando il valore della mia vita solo alle stelle* – Ich spucke in den Wind, weiche aus und überlasse den Wert meines Lebens nur den Sternen. So endet das Gedicht, das Scaldati mit einem seiner Schauspieler verfasste und das bei einer der letzten Aufführungen von *Pozzo dei pazzi* am Kartenschalter hing.

Niemals würde seine geheimnisvolle Wahrheit eine eigene Bühne besitzen.

Ein Mainachmittag. Ende der Proben wegen mangelnden Tageslichts und nicht bezahlter Rechnungen. Auf dem Weg die Treppe hinunter ging ich in Gedanken noch einmal die Verse von *Indovina Ventura* durch, die wir aus Spaß verdrehten. Wenige Meter vom Haustor entfernt stand mein Renault R4, der, wegen einer von der wohlbehüteten Jugend aus dem anderen Teil der Stadt zelebrierten Nachlässigkeit, fast auseinanderfiel. Ich versuchte, aus der Parklücke zu rangieren. Ein aus gegenteiligem Grund nicht weniger klappriges Moped machte jedes Manöver unmöglich. Darauf saß ein Mann in grauem Nadelstreifenanzug und Tennisschuhen, lockiges Haar über den Augen. Entsetzlichen Augen. Mit einer vielleicht allzu schroffen oder widerwilligen Handbewegung gab ich ihm zu verstehen, er solle Platz machen. Er lehnte das Moped an die Hauswand, zog eine Pistole hervor und setzte sie durch das heruntergekurbelte Autofenster direkt an meinen Kopf.

Der Dialekt des bewaffneten Mannes war völlig anders als der der hellseherischen Verse Scaldatis und meiner Großeltern, so kalt, brutal, unverständlich, ohne Struktur und Tiefe. Es waren mündliche Hieroglyphen, ein linguistisches Fossil, das vor der Erfindung der Gnade in einem prähistorischen Mund versteinert war. Ich spürte den an meine Schläfe gedrückten Pistolenlauf, und während der Mann sein urzeitliches Urteil sprach, spannte er den Abzug. Er war bereit, mich umzubringen. Ich stellte mir das unmittelbare Eindringen der Kugel vor, fühlte sie bereits in meinem

Hirn. Ich war mir sicher, dass er abdrücken würde. Und während ich starb, dachte ich weder an meine Mutter noch an meinen Vater oder an ihren Schmerz. Ich dachte an die Zeit und an die Jahreszeiten, an den kommenden Sommer, den ich nicht miterleben würde, an das Meer samt seinen verheißungsvoll wechselnden, nunmehr unerreichbaren Horizonten. Ich dachte an den Herbst und an die Arbeit, die ich mir hätte suchen müssen. Es war nun nicht mehr notwendig. An den Winter, der in jenem Jahr wie immer mild wäre, und dann folgte wieder ein Frühling. Zum ersten Mal nahm ich diesen Wechsel als einen mechanischen und trügerischen Automatismus wahr, als illusorische Falle, als biologischen, klaustrophobischen Ringelreihentanz. Und ich, mit dieser Waffe am Kopf, hatte den Trick endlich durchschaut.

Inzwischen fühlte ich mich bereit, getötet zu werden. Es war unausweichlich. Ich würde diesen unveränderlichen Lauf der Zeit durchbrechen, dem steinernen Gefängniswärter entkommen. Wir wären alle frei, weil ich gezeigt hatte, wie einfach der Weg war. Da gab mir der Mann mit der Pistole zu verstehen, dass ich fahren könne. Die Gewissheit zu sterben hatte mich so sehr gelähmt, dass ich nicht sofort begriff, gerettet worden zu sein. Ich glaubte, er wiche zurück, um besser zu zielen und seinen Nadelstreifenanzug nicht mit meinem Blut zu bekleckern. Ich verlor Zeit, und der Kerl wurde nervös und rammte mir den Lauf erneut gegen die Schläfe. Endlich ließ ich den Motor an und fuhr davon. Ermittlungen folgten. Die Staatsanwälte kamen zu dem Schluss, es sei eine Drohung gegen meinen Journalistenvater gewesen, gemäß archaischem Brauch über einen Dritten. Vielleicht. Ich hingegen war überzeugt davon, dass es der übliche Tod gewesen war, der in unseren Breitengraden als Zufall daherkommt, um uns zu befreien.

Einige Monate später meinte ich den prähistorischen Mann auf einem Foto in der Zeitung wiederzuerkennen. Man hatte ihn verhaftet, die Pistole noch warm vom letzten Mord einer langen Serie. Er wurde *Tempesta* – Sturm – genannt. Vielleicht war er es. Ich bin mir nicht sicher. Ich will es gar nicht wissen, ebenfalls übermannt von diesem Gefühl der Gleichgültigkeit gegenüber dem Leben, gegenüber unserem Tod. Als Journalist habe ich so einige von abgesägten Flinten niedergemähte Leichen gesehen, ihre nur von einem dünnen Nervenstrang in den Höhlen gehaltenen Augen, die zerfetzten Eingeweide, den von schmerzvoller Verblüffung erfüllten Blick der Ermordeten, die sich dem natürlichen Schicksal des gewaltsamen Todes ergeben, dazu der Fleischwolfgeruch der Metzelei. In ihnen habe ich stets mich selbst gesehen.

Dieses Abenteuer, dieses Trauma, hat Wurzeln geschlagen. Es wurde zum geschriebenen Wort, zur Sprache von *Das Lied eines Mörders* und meiner anderen Romane und Erzählungen. Doch ich bin nicht geheilt. Nach fünfundzwanzig Jahren schreibe ich noch immer, um der Falle zu entgehen, um die Gewissheit abzuwenden, dass Mythen auf dieser Erde nicht überdauern werden, dass jene, denen auf dieser Erde nach Gerechtigkeit hungert und dürstet, nicht gesättigt werden, dass Dichter, die den Schauder der Wahrheit streifen, niemals eine Bühne haben werden. Und dass es uns, Fremden an den Orten unserer Geburt, niemals gelingen wird, den »Gesang *unserer* Verlassenheit« anzustimmen.

GIOSUÈ CALACIURA

Februar 2022